SEEBEBEN

Brigitte Karcher

SEEBEBEN

Erzählung

Bibliografische Information der Deutschen Nationalbibliothek:
Die Deutsche Nationalbibliothek verzeichnet diese Publikation in der
Deutschen Nationalbibliografie; detaillierte bibliografische Daten sind im
Internet über dnb.dnb.de abrufbar.

© 2023 Brigitte Karcher
Umschlag-Gestaltung, Layout und Satz: Martin Karcher, Leipzig
Herstellung und Verlag: BoD – Books on Demand, Norderstedt
ISBN: 978-3-7578-8780-3

SEEBEBEN

Wir waren über die Mauer geklettert, durch kniehohes Gras geschlichen, hatten uns unter den tiefhängenden Ästen der Obstbäume geduckt und pflückten schließlich prallreife Kirschen von den Zweigen eines üppig tragenden Kirschbaums. Wir schmückten uns mit Zwillingskirschen, hängten sie über unsere Ohren. Selma wedelte mit einem Bund saftiger Kugeln vor meinem Gesicht herum, sagte »Mund auf, Augen zu«, und ich tat es, hatte plötzlich mehrere Kirschen auf einmal zwischen den Zähnen und musste lachen. Dabei verschluckte ich einen Stein, und Selma schrie: »Keine Sorge, den siehst du wieder, über kurz oder lang.«

Wir sprangen hoch und schnappten mit offenem Mund nach den Früchten im Baum. Kirschen fielen ins Gras. Wir spuckten die Steine im hohen Bogen aus. Selma traf mich, ich verfehlte sie, Nina traf Veronique, und Veronique traf einen Mann, der plötzlich dicht vor uns stand. Wir hatten ihn nicht bemerkt. Wie aus dem Boden geschossen stand er da. Wir erschraken, erstarrten.

Er sagte nichts. Tiefernst und mit bohrendem Blick sah er uns an. Er war nicht sehr groß, nicht jung, nicht alt. Dunkle Haarwellen fielen, durch Mittelscheitel geteilt, in seltsamer Länge bis knapp unter seine Ohren. Der Stein hatte ihn an der Stirn getroffen. Er befühlte die Stelle, besah sich seine Fingerkuppen.

Selma fasste sich als erste, sagte: »Wir wollten nur ein bisschen...«, und der Mann sagte:

»Nehmt euch so viele Kirschen, wie ihr wollt, ich schaff es sowieso nicht sie zu ernten.«

Veronique entschuldigte sich für den Stein. »Es tut mir leid«, sagte sie und wollte wissen, ob alles okay mit ihm sei. Da verlor er ein Sekundenlächeln. »Ach Gott, Mädchen«, sagte er.

Ich wusste plötzlich, wer er war.

Er praktizierte in direkter Nachbarschaft zu unserem Studienhaus. Seine Praxis lag im Erdgeschoß der Jugendstilvilla, die seit den ersten Stunden unseres Hierseins meine Fantasie bewegte. Hinter den hohen Buntglasfenstern der Arztpraxis brannte durchgängig Licht und bis spät in die Nacht. Im Oberstock war es dunkel tagsüber, auch am Abend und danach und immer. Wendelin, unser Kursleiter, sagte, dass die kranke Frau des Arztes dort lebe und an einer Lichtallergie leide. Sie verlasse nie die Wohnung, trage auch dort eine dunkle Brille, seit langem schon. Er sagte, sie sei eine Schönheit, viel jünger als ihr Mann und habe früher gemodelt, aber gesehen habe er sie noch nie. Er bat uns, auf lautstarke Feste und Exzesse in und in unmittelbarer Nähe unseres Hauses zu verzichten, der kranken Nachbarin wegen. Wir hielten uns daran, tranken Wein am Strand, die Füße im

Wasser oder zwischen Kieseln vergraben. Unsere Stimmen, unser Gelächter verhallten über den stetig an und ablaufenden flachen Wellen.

Ein Durchgangsweg trennte die beiden Grundstücke. Er führte zum See, wir gingen ihn täglich. Ich schaute zu den verdunkelten Fenstern der alten Villa hoch, blieb manchmal stehen. Ich bildete mir ein, ein Vorhang bewege sich, und jemand stünde dahinter. Nina drehte sich um, sie rief:

»Mach schon, da ist niemand, los komm«.

Langsam ging ich weiter, ging hinter Nina her, die auf mich gewartet hatte.

»Weißt du, was ich glaube«, sagte Nina, »ich glaube, dass es diese Frau überhaupt nicht gibt. Niemand sah sie bis jetzt. Wendelin kommt schon seit einigen Jahren ins Studienhaus und kennt sie nicht. Vielleicht hat ihr Mann es aus irgendeinem Grund nötig, diese Geschichte über seine Frau zu verbreiten. Wer weiß, wo sie abgeblieben ist, was dort drüben irgendwann passiert ist. Vielleicht ein Mord?«

»Quatsch«, sagte ich. »Auf dem Land kann keiner einen anderen umbringen, ohne dass es ruchbar wird. Hier weiß jeder von jedem was er denkt, wie er lebt, was er treibt. Da bleibt nichts unbemerkt, und der Arzt sei sehr beliebt bei seinen Patienten, auch bei kranken Pferden und Kühen, hat Wendelin gesagt.«

Wir standen in seinem Garten, unerlaubterweise. Wir hatten nicht gewusst, dass dieses Obstbaumparadies dem Arzt gehörte. Direkt der alten Villa gegenüber liegend, musste er, um es zu besuchen, nur die Dorfstraße überqueren. Wahrscheinlich hatte er uns von einem Fenster aus beobachtet, hatte vielleicht sogar unser Lachen gehört, unser Geschrei. Für Einbrecher waren wir unprofessionell lärmend gewesen, das hatte ihn wohl auf den Plan gerufen.

Wir zeigten Reue, entschuldigten uns, beschuldigten die Kirschen, die zu verführerisch über der Mauer hingen. Wir sagten, wir hätten einfach nicht widerstehen können.

»Ihr seid vom Studienhaus.«

Das war keine Frage, es war eine Feststellung. Er dachte nach.

»Nun, ich kann euch zwar verstehen, aber da kommt jetzt doch so einiges zusammen wie Hausfriedensbruch, Mundraub, zertrampeln des hochgewachsenen Grasbestandes, der regelmäßig von einem Bauern für seine Kühe abgemäht wird. Ich überlege also, was mit euch geschehen soll und denke, Strafe muss sein.«

Er hieß Riemer. Er war der Riemer, Dr. Ludwig Riemer.

Wendelin hatte gestern Oskars entzündete Wunde am Schienbein gesehen. »Das sieht nicht gut aus Oskar, da muss ein Arzt ran«, hatte Wendelin gesagt, »geh rüber zum Riemer, der macht das, und sag, du bist einer vom Studienhaus.«

Riemer hatte sich entschieden. Er verurteilte uns zu einem sozialen Einsatz in seiner Praxis. Er sagte:

»Ich erwarte Sie morgen Abend pünktlich um 20:30 Uhr an meiner Praxistür. Ich bitte Sie, nicht zu läuten, ich hole Sie ab, haben Sie das verstanden?«

»Ja natürlich, ja klar, machen wir, ist doch selbstverständlich, keine Frage.«

Wir redeten quer, waren froh über den günstigen Verlauf der Sache und zu allem bereit. Wir würden putzen, bügeln, was immer anstand. Wir würden vollen Einsatz zeigen.

Er sagte »gut« und ließ uns stehen.

Wir versuchten einen geordneten Rückzug durch das Gartentor. Doch er hatte uns eingeschlossen, und wir verließen den Tatort so, wie wir gekommen waren, über die Mauer.

An diesem Abend trafen sich alle Stipendiaten am Strand. Malte und Lise feierten Geburtstag. Sie hatten Wein besorgt. Wendelin spendierte zwei Kasten Bier. Lise und Selma hatten Schinken, Käse - und Salamibaguettes vorbereitet und in einen Waschkorb geschichtet. Als hätten sie seit Tagen gefastet, stürzten sich alle auf die Brote. Ein Plastikeimer, gefüllt mit fetten Chips und geröstetem, salzigem Kleinzeug, machte die Runde. Malte goss Wein in Wassergläser. Auf Gläser hatte er bestanden, aus Flaschen zu trinken, die die Runde machen, fand er eklig. Wendelin bot sein Bier in der Flasche an, jedem seine eigene, war ja klar, war so üblich. Dann gingen die ersten Joints von Hand zu Hand. Der Grillplatz am Wasser lag außerhalb des Dorfes, weit genug entfernt von Studienhaus und Jugendstilvilla, von Riemer und seiner unsichtbaren Frau. Die Kunsthochschule besaß hier einen eigenen Steg und drei Ruderboote, seit langem schon.

Wendelin spielte auf seiner Gitarre, er spielte sehr gut. Musik aus Geräten war hier verpönt, der Studienaufenthalt diente dem einmaligen, selbsterzeugten, originalen Akt, in welcher Form auch immer. Nora und Lise tanzten, jede für sich und doch in erkennbarer Beziehung. Sie betupften sich mit den Fingerspitzen, entfernten sich voneinander, bogen ihren Oberkörper nach hinten und verschränkten ihre Hände im Nacken. Wasserfallartig hingen ihre dichten langen Haare nach unten. Dann drehten sie sich wie Kreisel, ihre Haare wirbelten auf. Sie flogen aufeinander zu, fielen sich lachend in die Arme. Sie hielten sich aneinander fest, wippten hin und her. Sie kippten zur Seite, verloren die Balance und landeten auf dem Boden. Ich glaubte, sie hätten sich verletzt, aber nein, es ging ihnen gut. Malte füllte ihre Gläser auf.

Unsere Gruppe setzte sich aus Auserwählten der einzelnen Studienbereiche zusammen. Die Professoren bestimmten, wer in ihren Augen die dreimonatige Sommerakademie im Studienhaus am See besuchen durfte. Diesmal hatte es mich getroffen. Mein Professor befand mich für würdig, seine Malklasse zu vertreten. Das war, ganz klar, als eine Auszeichnung zu verstehen, und die Erwartung war groß. Der Aufenthalt sollte künstlerisch genutzt werden, der Raubzug heute Nachmittag lag mir daher ungemütlich in der Seele, ein Besäufnis vor zwei Tagen noch latent im Magen. Ich verzichtete deshalb auf Alkohol und schwor insgeheim Besserung. So durfte es nicht weitergehen, nein, ganz und gar nicht. Es ging hier schließlich um einen kreativen Entwicklungsschub, den ich erwartete, und nicht um den ausgelassenen Lebenswandel partysüchtiger Teenager. Ich versagte mir sogar den Joint, den Moritz mir anbot, sagte:

»Heute nicht, ich hab Flaute in Kopf und Magen.«

Ich trank Wasser, versenkte eine Hand im Knabbereimer und fischte nach Chips und Salzgebäck. Eine

Stunde später erbrach ich den gesamten Fettkram, wenige Schritte vom Grillplatz entfernt und unbemerkt. Erschöpft hockte ich danach auf einem Wurzelstock und sah über den See. Am weit entfernten, gegenüberliegenden Ufer schimmerten einzelne Lichter in der Dunkelheit und markierten die Trennlinie von Wasser und Land. Das Wasser gab Ruhe. Die flachen Wellen hatten sich zu einer hochglänzenden Decke vereint, die sich leicht schaukelnd wenige Zentimeter auf den Strand schob, und von unsichtbaren Kräften wieder zurückgezogen wurde. Sie hinterließ einen nassen Saum, den sie bei der nächsten Landnahme neu befeuchtete. Ich hätte diesem Schauspiel gern länger zugesehen, doch jetzt riefen sie nach mir, suchten mich. Malte und Wendelin hatten ein kleines Lagerfeuer angerichtet. Ich stand auf und setzte mich dazu.

»Alles in Ordnung mit dir«, fragte Veronique und sah mich an.

»Ja, ja, alles gut, mach dir keine Sorgen.« Ich umfasste meine Beine, legte den Kopf auf die Knie. Dann schaute ich ins Feuer. Es ging mir gut.

Wir waren neun, mit Wendelin zehn. Neun Stipendiaten im Alter zwischen zwanzig und dreißig Jahren. Malte, der Älteste von uns, feierte heute seinen dreißigsten Geburtstag. Er war vor fünf Jahren in der Bildhauerei aufgetaucht, hatte davor Architektur studiert. Sein Interesse an Bauwerken, Entwurfs- und Modellbau war von Semester zu Semester geschrumpft. Praktika in Architekturbüros überzeugten ihn, dass er sich auf dem falschen Dampfer eingeschifft hatte. Er sprang ab und bewarb sich an der Kunsthochschule, legte los und überraschte Professoren und Kommilitonen mit eigenwilligen Gebilden aus Stein, Ton, Holz, auch Schrott. Malte sagte:

»Eine Idee zu haben ist einfach, aber dann beginnt der Kampf. Du ringst mit Materie, die dir nichts erspart, du zwingst sie nieder, und du musst ein Sieger sein.«

Er zeigte seine Muskeln am Oberarm, schlug sie mit der Faust. Man erkannte schnell sein Talent, sein Professor förderte ihn. Der Aufenthalt im Studienhaus sollte seine Ausbildung abrunden. Danach wollte er nach Amerika gehen, in einem Künstlercamp arbeiten, eine Einladung dazu hatte er in der Tasche.

Wir schenkten Malte und Lise Cowboyhüte, und obwohl Lise keine Amerikapläne hatte, freute sie sich trotzdem. Sie setzten ihre Hüte sofort auf. Malte zog seinen verwegen in die Stirn, Lise schob ihren auf den Hinterkopf. Sie ähnelte plötzlich einem American Girl auf einem Cola Plakat der sechziger Jahre. Sie setzte ihr Glas an den Mund, hing etwas nach hinten und hob die freie Hand mit gespreizten Fingern zum Gruß. Hey!

Malte feierte nicht nur Geburtstag, er feierte auch seinen Abschied, und das tat er mit Wucht. Stampfend und breitbeinig umrundete er das Feuer, Bierflasche in der Hand. Er schwang ein unsichtbares Lasso, stellte sich quer und zog einen imaginären Colt aus der Hüfte. Er spuckte Bier in die Flammen. Dann imitierte er Johnny Cash, sang I walk the line, und Wendelin improvisierte den Background auf der Gitarre. Wir klatschten, feuerten ihn an, sangen den Refrain. I still miss someone hatte er auch noch drauf. Wir schaukelten angerührt hin und her, einige teilten sich einen Joint. Malte trank wechselweise

Bier und Wein und lag irgendwann erledigt im Gras. Wir stützten ihn auf dem Heimweg. Moritz und Oskar griffen unter seine Arme, Nora ging dicht hinter ihm, legte beide Hände an seine Schulter und hielt ihn in der Vertikalen. Lise hatte sich beide Cowboyhüte aufgesetzt und ging dem Abtransport vorweg. Wir anderen folgten, trugen den Waschkorb mit leeren Gläsern, die Bierkisten, hatten Weinflaschen unter den Arm geklemmt. In Sichtweite der Riemerschen Villa flüsterten wir. Mühsam unterdrückten wir unser Gelächter. Malte wollte noch einmal singen, *I walk the line*, doch Oskar schlug mit einer Hand auf seinen Mund.

»Sei still, Malte, denk an den Doktor und seine Frau.«

In dem Moment wurde es in Riemers Praxis dunkel, um drei Uhr in der Nacht, und im Oberstock schloss kurz darauf jemand ein Fenster.

Mit niemand hier war ich enger befreundet. Man kannte sich ganz gut. Auf der Hochschule traf ich die anderen in der Mensa, saß mal an diesem, mal an jenem Tisch, Kaffee mit Veronique, ein Bier mit Oskar, Mittagessen mit Lise, Nina oder Selma oder mit einem Neuling. Wer allein saß, freute sich über Gesellschaft. Es gab bereichsübergreifende Veranstaltungen. Man traf sich in Vorlesungen über Kunstgeschichte, beim Aktzeichnen, auf Atelierfesten. Diskussionsbedarf bestand bei fast allen Studenten. Sie organisierten Themenabende mit unvorhersehbarem Ausgang. Getränke hatte jeder mitzubringen. Wer neu hinzukam, wurde freudig begrüßt, es herrschte eine allumarmende Atmosphäre, jeder wurde akzeptiert, Andersartigkeit regelrecht gefeiert.

Selma, Veronique, Nina und ich teilten uns im Studienhaus ein Zimmer. Zimmer wäre zu viel gesagt, Raum passte eher. Ein großer, kahler Raum mit Bretterboden, zwischen den Dielen breite Ritzen, weiß gestrichene Wände, an diesen Haken für Kleidung rundum, ein Stuhl an jedem Bett, das wars. Auch Bett wäre zu viel gesagt. In jeder Ecke lag auf einer langen Holzpalette eine Matratze, unsere Bettwäsche hatten wir selbst mitgebracht und die wenig einladend wirkenden Kopfkissen und Decken darin versteckt. Ein Waschbecken gab es auch, mit glänzend neuem Wasserhahn. Immerhin, das gefiel uns, der alte war wohl nicht mehr funktionsfähig gewesen. Allein der Optik wegen hätte man ihn niemals ausgetauscht.

Wer ins Studienhaus zieht, ist vorgewarnt. Die Ehemaligen sagten:

»Wartet mal ab, was euch dort am See erwartet, eine Komfortzone ist es jedenfalls nicht.«

Man wusste, was auf einen zukommt. Man nahm es in Kauf, erinnerte sich an Rockkonzerte mit Übernachtung auf Isomatten oder in Sammelquartieren. Unser Raum besaß vor allen anderen einen Vorzug. Er hatte Zugang zu einer verglasten Veranda, wir sahen von ihr aus direkt auf den See. Manchmal saßen wir dort abends auf dem Boden, hatten Kerzen in wassergefüllte Teller gestellt, bewachten sie streng, denn die Veranda war ein alter Holzbau und würde im Ernstfall sofort brennen.

In den Stunden, bevor wir unseren Strafvollzug bei dem Doktor antraten, saß ich auf der Veranda und zeichnete. Ich war allein. Selma hatte sich ein Boot geschnappt und war mit Skizzenbuch und Zeichenkohle Richtung Seemitte gerudert. Veronique lag im Palettenbett und stöhnte. Sie hatte gestern Abend zu viel getrunken, zu viel geraucht. Ich ging zu ihr, stand mitfühlend an ihrer Matratze. Sie sagte, dass ihr sterbensschlecht wäre, und ich ihre Eltern benachrichtigen müsse, wenn es dann zu Ende mit ihr sei. Ich riet ihr, den Finger in den Hals zu stecken.

»Steck den Finger rein, das hilft.«

Es half nicht, Veronique hing am Waschbecken, würgte und gab auf.

»Es geht nicht, ich kann das nicht, meine Finger sind nicht lang genug, mir wird ganz schwarz vor den Augen.«

Ich führte sie zum Bett, deckte sie zu, weil sie fröstelte.

»In diesem Zustand kannst du heute Abend nicht zu Riemer«, sagte ich tröstend.

Sie starrte mich an.

»Kommt nicht in Frage, schließlich hatte ich die Idee, in den Garten zu steigen.«

Ich sagte: »Das weiß doch der Riemer nicht, ich nehme an, dem ist es vollkommen egal, wessen Idee es gewesen war, und wer da alles heute bei ihm antritt, wir machen das schon, verlass dich drauf.«

»Aber mir ist es nicht egal. Ich bin ein Teil unserer Strafbrigade. Ich bin total neugierig, will wissen, wie der Mann tickt, vielleicht beaufsichtigt er unseren Einsatz, stellt hohe Ansprüche, vielleicht erwartet er Ungebührliches, macht uns gefügig, Mediziner haben da ihre Möglichkeiten. Vielleicht erhaschen wir auch einen ungeplanten Blick auf seine Frau, ich möchte unbedingt dabei sein, oh Gott, was bin ich nur für eine blöde Kuh, mich so zuzudröhnen.«

»Na ja«, sagte ich, »ich hatte hier auch meinen Absturz. Einmal muss es sein, muss man durch, dann ist man für den Rest des Aufenthalts kuriert, besser am Anfang

als in der Mitte, und am Ende schon gar nicht. Aber sag
mal, was hast du denn für Fantasien bezüglich Riemer,
das kann wohl nicht dein Ernst sein?«

Veronique schlug die Decke zurück. Sie schwitze,
klagte sie, und dann sagte sie, der Doktor habe sie seltsam angeschaut, uns alle habe er komisch angeschaut,
irgendwie lüstern, oder so, und sie täusche sich da nicht.

»Wenn ich Einbrecher auf meinem Grund und Boden
erwische, schau ich sie auch seltsam an, aber doch nicht
lüstern, was denkst du denn wie dem zumute war? Und
außerdem verhielt er sich überanständig, erlaubte uns
sogar weiter zu ernten«, sagte ich.

»Genau das meine ich, er trickste uns aus. Er wiegt
uns in Sicherheit und heute Abend schlägt er zu. Die
Spritzen sind schon aufgezogen, und während wir seine
Buntglasscheiben polieren, schleicht er sich von hinten
an und haut sie uns ins Gesäß.«

Ich musste lachen, sah, wie Veronique aus dem Bett
schoss und zum Waschbecken rannte, und dann kam,
was kommen musste. Ich ging auf die Veranda und ließ
den Dingen ihren Lauf.

Gegen Abend kam Selma von ihrem Bootsausflug
zurück. Sie hatte Kohlestifte, die nichts taugten, aus Wut
in den See geworfen, aus ihren Skizzen Papierschwal-
ben gefaltet und sie über Bord in den Wind geworfen.
Fünf Wasserlandungen habe sie erlebt, sie seien länger
geschwommen als geflogen.

Nina hatte im Dorf alte Schuppen, Kuhställe und
Heustadel gezeichnet, dabei die Bekanntschaft eines
jungen Bauern namens Rudi gemacht, dessen Stadel sie
ziemlich reizvoll fand. Selma fragte:

»Nur den Stadl?«

Nina überhörte die Frage, sie sagte:

»Ihr glaubt nicht, wie interessant diese alten Schuppen sind, es sind grafische Meisterwerke für den, der es sehen kann. Vertikale Latten, grau mit schwarzen Ritzen, drüber schräg befestigte Planken, teils überkreuzt, winzige Fenster in rau gesägten Rahmen, da siehst du Linien und Muster, ein Fest der Abstraktion, unbeabsichtigt angerichtet.«

»Sehen lassen«, bat ich.

»Das geht jetzt nicht«, sagte Nina. »Ich habe die Zeichnung dem Bauern geschenkt, er hat mich für morgen zum Abendessen auf seinen Hof eingeladen.«

Ob der die Grafik seiner Scheunenwand schätzt, wagte Selma zu bezweifeln. Sie befürchtete, Nina könnte mit ihrer Zeichnung eine Perle nicht zwischen Säue, sondern in dem Fall zwischen Heuhaufen geworfen haben und las an ihrer Freigebigkeit den Grad einer beginnenden Zuneigung zum Landleben ab.

»Du wirst doch nicht im Kuhstall landen wollen, aus Liebe zu wer weiß wem oder was«, sorgte sie sich ernsthaft.

»Immerhin, Kunst fördert Kontakte, da haben wir wieder einmal den Beweis«, sagte Veronique. Ihr ging es besser. Wir saßen am langen Küchentisch und aßen gefüllte Paprika. Gesponsert von der Stipendiatenstiftung lieferte uns das Gasthaus Krone täglich ein Abendessen in Warmhaltewannen, eine Regelung, die uns begeisterte. Doch Veronique trank heute Tee und knabberte Knäckebrot ohne Butter, trocken und bröselig. Malte tauchte auf. Er hatte den Tag auf seiner Palette verbracht und Kopfwehtabletten konsumiert. Er ging gefasst und

in betont aufrechter Haltung, sah aus wie leidlich reani-
miert. Er hatte geduscht, roch nach Seife und strich sich
das feuchte Haar aus der Stirn. Er sagte:

»Ah Knäckebrot, könnt ich mir eine Scheibe…?«
Veronique schubste die Packung über den Tisch, Malte
nahm sich drei Scheiben. »OK so?«

»Nimm, so viele du willst«, sagte Veronique, »mir genügt meine Ration, mehr ist heute nicht drin, und hol dir
eine Tasse, ich habe Kamillentee gekocht. Malte nickte.
»Danke, Vero.«

Zwei Überlebende, die sich unterstützten, die wussten, von was sie sprachen.

Malte setzte sich, tauchte das Knäckebrot in den Tee.

»Ich ersticke daran, wenn es nicht feucht ist«, sagte er
mit Bittermiene. Er schüttelte sich.

»Frierst du«, fragte Selma, oder…?«

Malte war sehr bleich, plötzlich hatte er Schweiß auf
der Stirn. »Eher oder«, sagte er, »aber beachtet mich einfach nicht, es wird schon wieder.«

Der Rest unserer Truppe war noch unterwegs, mit
Wendelin. Der schwärmte von der Einsamkeit im Feucht-
gebiet, von seltenen Pflanzen, geheimnisvollen Trocken-
inseln, die auf Bretterwegen zu erreichen waren. Er hatte
eine Fahrt ins Ried vorgeschlagen mit seinem Kleinbus,
Rückkehr ungewiss, unterwegs wollte man noch einen
Biergarten anfahren. Was sich in diesem Ried an Ein-
drücken sammeln ließe, war mir unklar. Schilfrohr und
wilde Schwertlilien standen nicht gerade auf meiner In-
spirationsliste. Ich zog wenig Anregung aus der Natur,
bevorzugte Orte wie Steinbrüche, Baumärkte, streng
geregelte Müllabgabeplätze, auch Plattenbausiedlungen,

und dort Menschen in unvorhergesehenen Situationen. Mein letztes Bild zeigt ein Mädchen mit sehr kurzen Haaren. Es sitzt am Ende einer leeren Bank und beugt sich tief über ihr Smartphone, das sie zwischen ihren gespreizten Beinen hält. Plötzlich gleitet das Smartphone aus ihren Händen. Ich zeige das Teil auf dem Bild im Fallen. Sie schaut weiter in ihre leeren Hände. Sie kann die Nachricht, die sie erhalten hatte, nicht fassen. So sieht es für den Betrachter aus, auch, als wäre ihr das ganze Leben aus den Händen gestürzt. Für dieses Bild bekam ich das Stipendium. Bis jetzt hatte ich hier am See noch keinen kreativen Schub erhalten, fand aber Ninas Beschreibung der hölzernen Stadelwand interessant. Ich verstand, was sie sagen wollte, beneidete sie fast um ihre Entdeckung.

Später machten wir uns auf den Weg zur alten Villa, standen pünktlich vor der Praxistür des Doktors. Wir hatten uns arbeitstauglich gekleidet, Jeans, T-Shirts, Sandalen. Der Abend war warm, wir wollten bei der Arbeit nicht ins Schwitzen kommen. Er ließ sich zehn Minuten Zeit, wir waren ziemlich nervös, Selma kaute an ihrem Daumennagel. Veronique glaubte, sie hätte eigentlich noch einmal zur Toilette gehen sollen.

»Ist dir wieder schlecht«, sorgte ich mich.

»Aber nein«, sagte sie, »auf eine Toilette geht man auch zum pinkeln. Man kann natürlich noch anderes dort tun, lesen, kiffen, heulen, sich umbringen, Gedichte schreiben, meditieren mangels Rückzugsmöglichkeit, wie zum Beispiel drüben in unserer Künstlerklause.«

Sie hatte noch weitere Vorschläge auf der Zunge, doch jetzt hörten wir, wie sich im Türschloss ein Schlüssel

drehte, zweimal, dreimal, und Riemer stand vor uns,
barfuß in weißen Espadrilles aus Leinenstoff, ein blaues
Kurzarmhemd hing lässig über einer weißen Leinenhose.
Seine Unterarme zeigten dichten schwarzen Haarwuchs.
Sein Wellenhaar glänzte, es schien sorgfältig gewaschen
und nachbehandelt zu sein. Er sagte nichts, winkte uns
in den Vorraum. Er ging voran, bewegte seine rechte
Hand so, als scheuche er eine widerspenstige Kuhherde
Richtung Stall. Wir sagten auch kein Wort und folgten
ihm durch einen breiten Flur. Wir liefen über sandfarbe-
ne Fliesen mit blauem Rautenmuster, an Türen vorbei,
auf denen historisch anmutende Porzellanschilder über
den Nutzungszweck der Räume informierten: Sprechzimmer, Wartezimmer, Behandlungsraum, Röntgen. An
zwei Türen am Ende des Flures stand das Wort privat.
Bei der letzten Privattür traten wir ein, er als letzter, dann
schloss er die Tür.

Er hatte angerichtet. Auf einem mächtigen Couch-
tisch, ich tippte auf Mahagoniholz, standen Weingläser,
kleine Teller, Papierservietten lagen daneben. Schwere
dunkle Ledersessel machten einen edlen, aber düsteren
Eindruck. Eine schwarze Bücherwand sorgte lediglich
durch farbige Buchrücken für ein freundlicheres Ambi-
ente. Zwei Stehlampen mit hohem Messingfuß trugen
große Pilzkappen aus weinrotem Milchglas, die das Licht
in einen Dauersonnenuntergang verwandelten. Er bat
uns Platz zu nehmen.

Wir sahen uns an, ratlos. Wir waren auf der Hut. Riemer fragte:

»Trinken alle Wein? Ich habe hier einen exquisiten Bor-
deaux, ich beziehe ihn direkt aus Frankreich, von einem

befreundeten Weinbauern. Sie können aber auch gerne etwas anderes haben, Saft, Bier, was sie möchten.«

Mein erstes Wort in diesem Haus: »Wein.« Auch Selma und Nina sagten: »Wein«, als hätten wir nur dieses eine Wort in unserem Leben gelernt. Veronique wusste noch ein anderes, sie sagte: »Wasser.«. Der Doktor sah sie an, als säße ein Unfallopfer zur Erstversorgung vor ihm, oder ein Verdurstender mit Reifenpanne in der Wüste.

»Wasser, natürlich, Wasser«, sagte er.

Er betrachtete Veronique mit klinischem Interesse, vielleicht auch noch aus anderen Gründen. Auf einem Servierwagen standen zwei der eigens aus Frankreich bezogenen Weinflaschen. Er versorgte zunächst Veronique mit Wasser, dann zog er aus einer Flasche den Korken, hielt ihn unter die Nase und beschnupperte ihn. Er nickte sachkundige Zustimmung und goss Wein in seifenblasenzarte Ballongläser, eine sparsame Menge in jedes Glas. Ich wusste, so war das richtig und verriet den Kenner. Wir saßen, er stand, er hielt sein Glas gegen das Sonnenuntergangslicht einer der Stehlampen, der Wein leuchtete jetzt tiefrot, er schwenkte die Seifenblase am Stiel sacht hin und her.

»Ich trinke auf Ihr Wohl und die Zukunft der Jugend«, sagte er, und seine Stimme klang belegt.

Er roch an seinem Glas, schien zufrieden und trank ein Schlückchen. Wir tranken auch, hielten uns an sein Beispiel des Nippens und wagten keinen ordentlichen Zug zu tun. Der Wein schmeckte sehr mild, hinterließ aber auf meiner Zunge ein ungewohntes Pulsieren, als erwache sie mit einem Mal zu einem Leben, von dem weder sie, noch ich etwas geahnt hatten.

Er sagte: »Und, schmeckt Ihnen der Wein?«

Wir fanden endlich unsere Sprache wieder: »wunderbar, außergewöhnlich, hervorragend.«

Er lächelte wissend, stellte sein Glas auf den Tisch. Dann bat er uns, ihn für einen Moment zu entschuldigen. Er verschwand durch eine Tür, die ich erst jetzt bemerkte, und ließ uns allein. Wir waren verwirrt, Veronique sagte: »Was soll das hier, ich glaub es nicht«, und Nina fand die ganze Veranstaltung ungut, zum abtauchen. Ich schlug vor, erst einmal abzuwarten, was der Abend brächte, wir wären immerhin zu viert und wüssten uns zu wehren. Riemer kam zurück. Er kam mit einer Platte, auf der kleine Brote lagen, kunstvoll aufeinandergeschichtet. Winzige Petersiliensträußchen schienen aus dem Hügel zu wachsen, und Minitomaten steckten auf Zahnstocher wie Rosenkugeln auf Beetstangen. Er stellte die Platte in die Tischmitte, setzte sich endlich und bat uns zuzugreifen.

»Das sieht ja sehr schön aus«, freute sich Selma und griff als erste zu.

Die Brote ließen den Doktor nun in einem wesentlich vertrauenswürdigeren Licht erscheinen als die Weinverkostung. In meiner Kindheit servierte meine Mutter bei Familienfesten ähnliche Platten. Belegte Brote waren der Höhepunkt jedes Silvesterabends oder zahlloser Geburtstagsfeiern. Ich sagte mir, wer belegte Brote serviert, hat nichts Peinliches im Sinn. Wir nahmen die winzigen Brote mit den Fingern, aßen sie von den kleinen Tellern, er sah uns zu, er schien sich über unseren Appetit zu freuen. Er selbst aß nichts, er trank Wein, sein Zug wurde deutlich kühner. Er sagte, die Brote bestelle er bei

Marianne, der Metzgersgattin, sie habe dafür ein Händchen und sei über den Dorfrand hinaus bekannt, ihr guter Ruf ginge bis zum anderen Ufer, ja bis zur Kreisstadt. Aus der Kreisstadt kämen regelmäßig Anfragen, das wisse er von seinen Patienten. Metzger Reichle beliefere auch das Schloss, die Gräfin schwöre auf Reichles Tafelspitz und seinen Schweinenacken.

Der Doktor trank bereits sein zweites Glas. Er sagte: »Jetzt trinken wir mal ordentlich, nur zu, bei einer Flasche muss es nicht bleiben.«

Er goss uns nach, vernachlässigte dabei die vornehme Idealmenge und füllte großzügig auf. Veronique verdrehte die Augen. Trinkt ihr nur, dachte sie, ihr könnt froh sein, dass ich nüchtern bleibe, zu eurem Schutz und für eine eventuelle Zeugenschaft.

Wir stellten keine Fragen. Unser erwarteter Arbeitseinsatz, unser Einbruch in seinen Garten, schien Riemer keine Silbe wert zu sein. Er wollte wissen, welcher Gattung Kunst wir angehörten. Er fuhr seinen Arm aus wie ein Polizist und stellte uns warnend die Hand entgegen.

»Stop, bitte sagen Sie nichts, ich möchte es gerne erraten, und zudem bin ich Liebhaber der Kunst des neunzehnten Jahrhunderts, das bekenne ich ihnen gerne vorweg.«

Ich dachte, dass seine seltsame Wellenfrisur in diese Zeit passte, ich glaubte, in ihm einen Romantiker zu erkennen, einen der vielleicht zur falschen Zeit geboren worden war, der als Kind gerne einen dunkelblauen Samtanzug mit weißem Kragen getragen hätte, ganz sicher aber eine Blumenpresse zum Geburtstag bekommen hatte.

Er begann mit Veronique, der Wassertrinkerin. Er sah in ihr eine Bildhauerin und traf mit seiner Vermutung ins Schwarze. Er sagte, sie habe Schöpferhände, die modellierten, erschufen, formten. Er meinte, ihre Hände hätten Intelligenz, wären gesegnet.

Veronique steckte ihre Hände unter ihr T-Shirt und beulte es verwegen aus. Der Arzt lächelte. Dann nahm er Nina ins Visier. Zeichnerin, Illustratorin, er wisse nicht warum, aber sein Instinkt sage ihm, sie habe das grafische Auge, den Blick für die Kontur, die Struktur. Nina öffnete den Mund, konnte ihn so schnell nicht wieder schließen. Woher wusste dieser seltsame Mensch von ihren Interessen?

Bei Selma zögerte er. Er sagte: »Malerei im sehr großen Format, abstrakt, mehr Strich als Farbe. Ich bin mir nicht ganz sicher, bleibe aber dabei.«

Er trank, deutete mit dem Glas auf mich und sah auf die Wand hinter mir.

»Bei Ihnen sehe ich Bilder, gegenständlich, mit starkem Inhalt, Menschen, Stimmungen, Sorgen, Trauer, selten Freude. Alltagsgeschichten auf eine bedeutsame Ebene gehoben.«

Er trank wieder, wir waren sprachlos.

Veronique bat nun doch um ein Glas Wein. Er nickte. Er hatte sich das schon gedacht.

»Sehr gerne.« Er stand auf, öffnete eine neue Flasche und reichte ihr ein Glas. Er sagte:

»Auf ihr ganz spezielles Wohl und ihre Arbeit.«

Er genoss unsere Verwunderung, hing entspannt in seinem tiefen Sessel, ließ seine Arme über die ledernen Seitenpolster fallen und schlug ein Bein über das andere.

»Tja«, sagte er, »wer so lange praktiziert wie ich, bekommt einen Blick für das, was hinter einer Fassade steckt. Ich liege selten daneben, habe meistens recht.«

Plötzlich dachte ich an die Frau im Oberstock, die im Dunkeln lebte, weil sie kein Licht verträgt. Ich schaute auf den Mann in der weißen Leinenhose, im blauen Leinenhemd, der patronenhaft in seinem Clubsessel mehr lag als saß. Ein Plantagenbesitzer im Kreis geladener Gäste, die ihn bewundern, bewundern sollen, denen er womöglich seine Fassade zeigt und sich sicher ist, dass diese kleinen unbedeutenden Kunststudentinnen niemals erkennen könnten, was er versteckt. Nein, das war kein echter Romantiker, dachte ich, keiner der die blaue Blume sucht, der das, was uns rettet, in der Schönheit findet. Er umgibt sich zwar mit schönen Dingen, kleidet sich sorgfältig, legt Wert auf Qualität, auf Exklusives, trinkt besten Wein. Aber hinter dieser Fassade, versteckt er eine kranke Frau im Obergeschoß seines Hauses, verbittert, verzweifelt, vielleicht hat sie sich auch müde und enttäuscht in sich selbst zurückgezogen, verweigert sich jetzt dem Leben, seinem Leben, da sie ein eigenes schon längst nicht mehr kennt.

Er bemerkte, dass ich ihn fixierte. Das irritierte ihn offensichtlich, denn er stellte sein Glas auf den Tisch und schwang den Zeigefinger temperamentvoll an seiner Nase vorbei, richtete ihn dann auf mich.

»Ich wusste es. Sie sind eine gute Beobachterin, das sah ich sofort, und ich sage Ihnen, das müssen Sie auch sein, sonst könnten Sie nicht ihre Bilder malen, so wie Sie das tun.«

Riemer stand plötzlich auf und nahm ein kleinformatiges Bild von der Wand. Es hing zwischen zwei Fenstern, von schweren Vorhängen flankiert, ich hatte es bis jetzt noch nicht bemerkt.

»Was glauben Sie, wer dieses Bild malte«, sagte er, setzte sich wieder und hielt das Werk zwischen seinen ausgestreckten Händen.

»Jetzt sind Sie es, die einmal raten dürfen, ich bin gespannt wer von ihnen den Meister erkennt.«

Er stellte das Bild auf sein linkes Knie und hielt es mit einer Hand zur Ansicht fest, griff mit der anderen wieder nach seinem Glas. Er blickte erwartungsvoll in die Frauenrunde, spitzte die Lippen um ein spöttisches Lächeln zu verhindern.

»Also los, nur Mut!«

Er trank unentwegt, wurde immer gesprächiger. Allerdings hatte er bis jetzt vor allem von sich gesprochen. Auch die verblüffende Zuordnung in unsere Arbeitsweise hatte allein der Darstellung seiner medialen Fähigkeiten gedient. Wir beugten uns nach vorn um das Motiv besser zu erkennen und sahen ein braunes Pferd, das von einer Anhöhe aus über ein Tal blickte. Durch die Talsohle schlängelte sich ein Fluss, der am linken Bildrand nur noch als Rinnsal zu erkennen war, und hinter einer Hügelkette verschwand.

»Eine Landschaft mit Pferd«, sagte Selma und schob ein Salamibrötchen in den Mund.

Marianne, die Metzgersfrau, hatte die Wurstscheiben herzförmig ausgestochen. Der Doktor sagte: »Ja, das sehen Sie vollkommen richtig.«

Selma schien sich über das Lob zu freuen. Schwer beeindruckt von dieser seltsamen Veranstaltung, von diesem freundlichen, jedoch undurchschaubaren Arzt mit seinem dunklen Wellenhaar, das er sich manchmal hinter die Ohren strich, von den leckeren Broten, die er aufgetischt hatte, dem Wein der ihr wohlig durch die Kehle sickerte, bemerkte sie nicht, dass Riemer sich über sie lustig machte. Ich ärgerte mich über den Doktor, aber auch über Selma, die es nicht kapierte. Glücklich griff sie nach einem Eierbrot mit Mayonnaise und legte es als gesicherten Vorrat auf ihren Teller. Nina stellte ihr Glas ab und tat, als wäre sie nahe an des Rätsels Lösung.

»Ich datiere auf Beginn des zwanzigsten Jahrhunderts«, sagte sie risikofreudig, und Riemer wackelte mit dem Kopf wie ein Talkmeister, der die Millioneneurofrage leider nicht kommentieren durfte. Ich ärgerte mich über sein herablassendes Getue und sagte:

»Keine Ahnung wer ein Pferd mit Talblick malte, ich hab's nicht so mit Pferden. Veronique, was ist mit dir, ihr habt doch zu Hause Pferde im Stall.«

Der Doktor verzog das Gesicht, als wäre ihm plötzlich eine Plombe aus einem Backenzahn im Oberkiefer gefallen. Dass ich mich so unsensibel dem Motiv näherte, schien ihn zu schmerzen.

»Und«, sagte Riemer, »hat die Frau mit den Schöpferhänden auch eine Meinung?«

Er blickte Veronique unverhohlen fordernd ins Gesicht, als verlange er auf diese Weise die Leistung, die wir nun doch noch zu erbringen hätten. Mündliche Prüfung in Kunstgeschichte, ein Professor prüft die Studentin. Veronique erschrak. Sie sagte:

»Ich, Sie meinen mich?«

»Wen sonst«, sagte Riemer, »die anderen Damen haben bereits alle ihr Statement abgegeben.«

Er wartete Veroniques Antwort nicht ab, er wollte gar
nicht, dass wir das Rätsel lösten, denn er wollte uns den
Erschaffer des Bildes in angemessenen Worten selbst of-
fenbaren. Er stellte sein Weinglas ab, setzte sich im Sessel kerzengerade auf und hielt das Bild wie eine Hostie
in die Höhe. Er sagte:

»Dieses kleine Kunstwerk stammt von keinem gerin-
geren als von Kaspar David Friedrich, dem grandiosen
Landschaftsmaler der Frühromantik.«

Er senkte die Arme langsam ab und legte den Kunst-
schatz ehrfürchtig auf den Tisch, als lege er ihn auf einen
Altar. Um etwaige unpassende Äußerungen seiner Gäste
bei diesem weihevollen Akt zu unterbinden, begann er
sofort mit einem Bericht über Erwerb und Wertschät-
zung des kostbaren Familienbesitzes. Die Sorgfaltsver-
pflichtung gegenüber dem Kunstwerk sei eine besondere
Aufgabe, betonte er. Sein Großvater, Arzt wie sein Vater
und er selbst, habe dieses Bild auf einer Auktion gekauft.
Die gräfliche Familie habe sich damals in einer finanzi-
ellen Schieflage befunden und das Tafelsilber veräußern
müssen, nur so habe man das Schloss erhalten können.
Seit drei Generationen hänge das Bild nun hier in diesem Zimmer und an dieser Wand, die klimatisch gesehen
die beste Bedingung böte, um das Werk in seinem sehr
guten Zustand zu erhalten. Sein Großvater habe einen
Sachverständigen bei der Hängung hinzugezogen. Die
Fenster in diesem Raum seien gegen Diebstahl gesichert,
auf welche Art, müsse ein Familiengeheimnis bleiben.

»Wir wohnen hier zwar auf dem Land, doch Diebe
gibt es auch in den hintersten und friedlichsten Orten
der Welt, oder sehen Sie das anders, meine Damen?«

Er lächelte. Wir verstanden.

Riemer erhob sich und nahm sein Bild. Er sagte:

»Es handelt sich um ein Frühwerk, in meinen Augen ist das besonders interessant.«

Er warf einen verliebten Blick auf das Pferd. Dann hielt er seinen Schatz in einem gezielt berechneten Winkel gegen die Wand und ließ den schwarzen breiten Rahmen sacht in einer gesicherten Vorrichtung einrasten.

Er schob sein Wellenhaar hinter die Ohren, öffnete die dritte Weinflasche und goss ohne zu fragen unsere Gläser und seines auf. Er trank jetzt ungezügelt, als trinke er allein und ohne Zeugen.

»Mein Vater«, sagte er, »hatte die Praxis in einem absolut veralteten Zustand übernommen. Mein Großvater versorgte die ganze Region auf unserer Seeseite noch in einer Art Ambulanz, die eher einer Missionsstation als einer zeitgemäßen Dorfpraxis glich, wenn Sie wissen, was ich meine. Die Leute kamen unangemeldet und warteten auf Holzbänken im Flur, teils draußen im Garten. Sie brachten ihr Vesper mit, teilten es mit anderen, das hatte Picknickcharakter. Das nächste Spital war in der Kreisstadt, Transportmöglichkeiten waren begrenzt. Hätte er nicht öfter beherzt zugegriffen, wäre so mancher Patient noch auf seiner Schwelle verblutet. Aus dem Krieg brachten Ärzte wertvolle Fähigkeiten mit, die sie zu Hause einsetzen konnten. Da wurde auch mal ein Finger, ein Unterarm amputiert, ein abgerissenes Ohr angenäht oder eine Kugel aus dem Bauch geholt. Jagdunfälle gab es zuhauf. Kinder starben, kaum lagen sie auf dem Untersuchungstisch, an schweren Vergiftungen, Verbrennungen, Schlägen auf den Kopf, Tritte in den Bauch.

Manche hatte man tot aus dem See gezogen und dem Doktor noch triefend nass auf den Tisch gelegt. Mein Gott, was hat dieses Haus schon alles erlebt. Was haben diese Wände gehört, Schreie, Klagen, Todesseufzer auch. Sie sind stumme Zeugen, erstarrt im Grauen, sie würden, wenn sie könnten, vom Stöhnen der Kranken, vom Blut der Verletzten, vom Eiter der Fäulnis reden. Es stank nach Äther, Süchtige traten nachts die Haustür ein. Mein Großvater schickte keinen weg.«

Für einen Augenblick verdächtigte ich ihn, sich an unserem Erschrecken zu erfreuen.

Riemer schwieg, sinnierte, drehte sein Glas hin und her und blickte durch den Wein wie durch einen glänzenden Rubin. Jetzt sprach er langsamer, kontrollierte seine schwerer werdende Zunge, seine Sprache. Er machte Pausen, er beachtete uns nicht. Dann hob er das Weinglas zur Zimmerdecke und holte aus.

»Als mein Großvater seine eigene Tochter oben auf dem Dachboden aus der Schlinge hatte schneiden müssen, ging er zum Giftschrank und nahm sich, was er brauchte. Man fand ihn hier in diesem Zimmer, er lag zusammengekrümmt auf dem Boden. Dort drüben hatte er sich in die Ecke verkrochen wie ein Tier, wie ein Tier.«

Riemer sagte das nicht ohne Stolz. Er nickte bedeutungsvoll.

Wir sahen uns an, fragend, betreten. Ich folgte Riemers Finger, der auf den Fundort deutete, sah auch reflexartig zur Decke hoch. Selma aß noch ein Leberwurstbrötchen mit Essiggurke. Die detailreiche Schilderung eines historischen Arztalltags verdarb ihr nicht den Appetit. Nina klopfte auf ihre Armbanduhr, verdrehte die Augen. Lasst uns gehen, sollte das heißen. Vielleicht auch, ist das hier noch normal? Doch der Doktor redete begeistert weiter. Er schonte uns nicht. Er sprach nun ausschweifend und anschaulich über Seuchen, Totgeburten, Darmverschlüsse und Magendurchbrüche, über Missbildungen schlimmster Art, beschrieb eingehend Selbstverstümmelung verzweifelter Soldaten im Krieg und landete schließlich bei Kannibalismus und Leichenfledderei. Als er uns sachkundig über Foltermethoden im Vietnamkrieg, über medizinische Experimente in Konzentrationslagern, speziell an Zwillingen, und über das Ritual des Menschenopfers der Azteken unterrichtete, stand Nina auf und sagte, dass sie müde sei und gehen möchte.

Riemer stellte sein Glas auf den Tisch und erhob sich sofort. Keinen Augenblick versuchte er uns zum Bleiben zu überreden. In diesem Moment begann die Kirchturmuhr zu schlagen. Er horchte, hob den Zeigefinger, er zählte die Schläge mit und sagte:

»Mitternacht, es wird Zeit für mich, meine Damen, mein Arbeitstag beginnt um sieben Uhr.«

Er sagte es so, als habe er Ninas Ankündigung nicht gehört, als sei er derjenige, der den Abend zu beenden habe. Er ging voran. Er schwankte nicht. Er öffnete die Haustür, bedankte sich für das anregende Gespräch, gab keiner von uns die Hand und schloss die Tür fast lautlos hinter uns.

Wir standen vor der Villa wie nach einem Rauswurf und sahen uns an. Selma sagte:

»Was für ein schlechtes Benehmen von diesem Mann. Und ein Gespräch soll das gewesen sein, es war ein Monolog, ein stundenlanger Monolog, eine Zumutung.

Wären da nicht die Brote gewesen, ich hätte den Abend nicht überlebt.«

Im freundlichen Licht der Küche saßen Oskar, Lise, Wendelin und Nora am großen Tisch bei einem Bier. Eine Kerze brannte. Sie stand in einem Aluminiumteller mit hohem Rand. Sie steckte im Kraterloch einer bizarren Landschaft aus erstarrtem Wachs. Spitze Bergnasen und runde Kuppen hatten sich von Kerze zu Kerze durch stetigen Tropfenfluss aufgetürmt. Jemand hatte aus Zahnstochern ein Gipfelkreuz gebastelt und in die bislang höchste Erhebung gesteckt. Im Augenblick lief heißes Wachs in ein Tal und füllte es auf. Das Niveau der Landschaft hob sich im Lauf der Zeit auf diese Weise. Niemand käme auf den Gedanken, den Teller zu säubern, das Wachs herauszukratzen. Wer am Küchentisch saß, beobachtete fasziniert die Entstehung eines Kleinstgebirges, war Zeuge eines pseudo-geologischen Prozesses. Lise hatte die Idee gehabt. Sie arbeitete an Objektkunst. Sie blickte mit Sucheraugen in die Welt. Kein Gegenstand war für sie unwichtig, nichts fiel durch das Netz ihrer Aufmerksamkeit. Kein Ding entging ihrem Zugriff, welches ihr für eine ihrer Neuschöpfungen geeignet erschien. Das waren Arbeiten die gerne verwirrten, manchmal betörten, immer überraschten.

Wir setzten uns kurz zu ihnen, tranken Mineralwasser. »Und«, sagte Oskar, »einen schönen Abend gehabt?«

»Wissen wir noch nicht, können wir erst morgen sagen, seltsam war er jedenfalls«, sagte ich.

Bevor ich mich auf meine Palette legte, schaute ich von unserer Veranda auf den See. Ein Gewitter kündigte sich an. Das Wasser war unruhig, als ahne es nichts Gutes. Ich sah seitlich zur Villa hinüber. Im Obergeschoss stand in einem offenen Fenster eine Schattengestalt, dunkel vor dunklem Hintergrund und nicht zu erkennen als Mann oder Frau. Aber, dass es nicht der Doktor war, sah ich doch.

Wir lagen auf unseren Matratzen, Nina war sofort eingeschlafen. Sie schnarchte, hüstelte und warf sich auf die Seite.

»Ihren Schlaf möchte ich haben«, sagte Veronique in die Dunkelheit hinein. »Der Doktor sitzt wie ein Nachtmaar auf meiner Brust.«

»Hau ihn runter, diesen Geisterfahrer. Der hat sie doch nicht alle, glaubt, er könne uns Angst einjagen mit seinen Horrorgeschichten.«

Selma kicherte.

»Der hat sich den Abend als Strafe für uns ausgedacht, das ist euch schon klar, oder? Aber wir sind keine kleinen Mädchen, die man auf diese Art erschrecken kann. Und dann, ein bisschen viel Drama im Haus, der Großvater verendet in der Zimmerecke, dessen Tochter hängt am Dachbalken, also wirklich!«

Ich flüsterte: »Und Riemers Frau steht nachts im dunklen Fenster und schaut zu uns herüber.«

Veronique setzte sich auf.

»Wie bitte, du hast sie gesehen?«

»Naja, ich sah eine Person im offenen Fenster stehen, allerdings nur die Umrisse einer Person, es war zu dunkel um mehr zu erkennen. Aber eines sag ich euch, Riemer war es nicht.«

»Bist du sicher?«, wisperte Selma, und ich sagte: »Ganz sicher.«

Veronique raunte: »Ich horchte auf Geräusche im Oberstock. Einmal hörte ich etwas. Es war als verschiebe jemand einen Tisch oder so. Habt ihr es nicht gehört?«

»Keinen Ton«, sagten Selma und ich wie aus einem Mund.

»Es war am Anfang des Abends, als ihr schon einen in der Krone hattet, und ich noch nüchtern war«, überlegte Veronique. »Leider ließ ich mich vom Doktor verführen, trank dann doch, und der Wein trübte mein Hörvermögen.«

»Verführt hat er dich nicht, du hast um ein Glas Wein gebeten«.

Streng korrigierte Selma Veroniques Wahrnehmung.

»Ich habe darum gebeten, ist das wahr?«

Veronique konnte das jetzt nicht verstehen, sich nicht daran erinnern. Über dem See flammten kurz hintereinander grelle Blitze auf und erhellten unseren Schlafraum. Wir sahen Nina. Sie lag mit dem Rücken dicht an der Wand und hielt ihre Decke im Arm, als suche sie an ihr einen Halt. Ihr kurzes Hemd hatte sich nach oben geschoben. Selma schlich zu ihr hin und zog die Decke sanft aus ihren Armen, legte sie über ihre nackte Hüfte und ihre Beine. Nina seufzte, schmatzte ein paarmal und gab Ruhe. Nicht einmal die nachfolgenden Donnerschläge störten ihren tiefen Schlaf.

»Mich bitte auch«, piepste Veronique mit Kinderstimme.

»Was, dich auch?«, fragte Selma, die es sich soeben in Rückenlage gemütlich machte.

»Zudecken, bitte.«

Selma gähnte.

»Kommt nicht in Frage, heute ist Schluss mit Verwöhnung. Jetzt will ich erst einmal in aller Ruhe vom Doktor träumen, oder von seinen Broten, das wäre mir noch lieber.«

»Du hast die Ruhe weg. Wie machst du das, kommt dir der Riemer denn überhaupt nicht sonderbar vor«, wollte ich wissen. »Also ich denke, da läuft etwas gar nicht gut da drüben in dieser alten Villa. Wir sollten uns umhören, im Dorf, vielleicht bei Metzger Reichle, du könntest Fleischwurst kaufen für Wurstsalat.«

Selma fand den Vorschlag mit dem Wurstsalat interessant und dachte nicht mehr ans Träumen.

Sie setzte sich auf. »Angenommen«, sagte sie, »wir laden alle ein. Bei zehn Personen wäre das ein Riesenberg Wurst, frisch geschnitten, da hätte die Metzgerin ordentlich zu tun, sie würde dabei reden, wäre neugierig, würde wissen wollen, wofür die Menge Verwendung fände, alles schön und gut. Aber wie krieg ich dabei die Kurve zu dem Doktor?«

Veronique sagte: »Ganz einfach. Du erzählst ihr von der Einladung, und dass wir dort ihre wunderbaren Brötchen genossen hätten, dass der Riemer geradezu von ihr geschwärmt und sie wärmstens empfohlen habe.«

»Meint ihr, ich sollte das versuchen? Sie wird ihn nicht gerade ausrichten wollen bei so viel Lob«, überlegte Selma. »Und was wollen wir eigentlich über ihn wissen, was bringt es denn, ich meine, was bringt es uns? Sind wir hier, um kriminalistische Übungen zu absolvieren? Ich sag euch was, das Spiel kann uns in Teufels Küche bringen, außerdem kostet es Energie, Zeit, Geld, ja, Geld, Wurst für alle ist teuer, und am Ende jagen wir ein Phantom, das es nur in unserer Vorstellung gibt. Also eigentlich hab ich keine Lust darauf, auf den Salat schon, aber nicht auf den Riemer oder seine Frau.«

Veronique sagte: »Musst du auch nicht haben, ich mach das. Die Metzgersgattin Marianne beflügelt jetzt schon meine Fantasie. Vielleicht ist sie eine Anregung für meine nächste Plastik. Die Fleischerin. Eine Frau mit Armen wie ein Gewichtheber, mit Händen wie ein Bauarbeiter. Und ihre geblümte Kittelschürze, das seh ich genau, die spannt sich jedenfalls über einen wohlgenährten Leib.«

Wir lachten, Selma besonders lang und laut, sie lachte sich in den Schlaf. Plötzlich wurde es still im Raum.

Veronique hatte ihre Vision der Marianne Reichle in die Dunkelheit des Raumes gestellt. Ich sah sie auch, mächtig, tüchtig, mit einem Fleischermesser in der einen und einem Schleifstein in der anderen Hand, über den sie, als wiege sie uns damit in den Schlaf, mit steter, präziser Bewegung das Messer zog.

Am Tag danach ging jede von uns ihrer Wege. Über den Abend bei Riemer sprachen wir nicht. Veronique arbeitete im Atelier im ausgebauten Dachgeschoß. Ein einziger großer Raum ohne Zwischenwände. Holzbalken stützten das Dach. Licht fiel durch eine verglaste Dachöffnung und bodentiefe Gauben. Ein langer Werktisch und mehrere Hocker standen in der Mitte des Ateliers. Einfache Holzregale für Arbeitsmaterial, fünf Staffeleien für die Kunstmaler, sonst nichts. Veronique hatte dauerformbare Entwurfsmasse im Gepäck. Sie knetete daraus kleine, dicke, archaische Zweibeiner, eine ganze Kompanie, schlug sie danach mit der Faust und zerstörerischer Lust in die Tischplatte. Da lagen sie flach wie Lebkuchen, bevor Veronique sie wieder in einen Klumpen presste. Sie fluchte, während Nora mehrere Leinwände grundierte. Sie waren allein, die anderen hatten sich nach dem Frühstück über Dorf und Strand verteilt. Man ging auf die Suche, forschte nach Ideen, nach Anregung, man wollte allein sein, innerliche Prozesse mit niemand zerreden oder teilen.

Nora sagte: »Was ist, bist du nicht zufrieden?«

Sie trug mit einem breiten Pinsel wässrige weiße Farbe auf. Veroniques Anwesenheit störte sie nicht. Grundieren war ein Handwerksgeschäft, eine Unterhaltung nebenbei angenehm.

»So wird das nichts«, stöhnte Veronique, »ich muss die Frau erst einmal sehen, bevor ich sie darstelle.«

»Du denkst an eine bestimmte Person«, vermutete Nora, »tust du das?«

»Ja, tu ich, aber ich kenne sie noch nicht. Ich bin mir auch nicht sicher ob es gut ist sie zu sehen. Ich hab da so eine bestimmte Vorstellung und wehe, sie entspricht dieser nicht.«

Veronique schlug den Klumpen mehrmals mit Wucht auf den Tisch. Die Masse sollte sich verdichten, und zudem war ihr gerade danach, losdreschen, draufhauen, zuschlagen.

»Du denkst jetzt nicht zufällig an unsere unsichtbare Nachbarin«, sagte Nora, ohne ihr triefendes Malergeschäft zu unterbrechen.

»An die Lichtscheue? Nein, ganz bestimmt nicht!«

Veronique dachte an Schöpferhände und schlug mit der Handkante eine Furche in den Klumpen. Laut sagte sie und drang Wort für Wort und Schlag um Schlag immer tiefer in die Masse ein:

»Schöpferhände, gesegnet, intelligent, die erschaffen, formen, so ein Quatsch. Na warte, dir werd ich's zeigen, du wirst dich noch wundern, du eitler Gnom.«

Nora lachte. »Gut so, zeig es deinen feigen Geistern. Wie sagt Malte, du ringst mit Materie, und den Kampf musst du gewinnen.«

»Ja, aber heute wird das nichts mehr«, sagte Veronique. »Der Kampf mit der Materie ist für heute beendet. Ich muss raus, ans Wasser, in die Sonne, sonst klumpt da was in meinem Kopf.«

Wütend drückte sie die gespaltene Kugel zusammen, verschloss sie in einem Plastiksack und legte das Paket in ein Regal.

Nachdem an diesem Tag alle im Studienhaus den Alleingang gewählt hatten, nahm ich mir eines unserer Boote und plante, ans gegenüberliegende Ufer zu rudern. Ich wusste nicht, was ich mir von diesem Ausflug erhoffte. Es war mir einfach nichts Besseres eingefallen, als mich ein bisschen anzustrengen nach diesem verwirrenden Abend in der alten Riemer-Villa. Ich wollte den Kopf frei bekommen, die widerliche Beschreibung von Krankheitsbildern, abartigen Ritualen und Verzweiflungstaten im hellen Licht des Tages vergessen.

Meine Armmuskeln machten in der Seemitte schlapp. Ich zog die Ruder ein und ließ mich treiben. Ein windstiller Tag, eine dunstverhangene Sonne, kein Wellenschlag, es war still auf dem See. Geräusche von den Ufern, Stimmen verkümmerten über der Weite des

Wassers, verloren ihre Bedeutung, versanken in der Mittagsflaute. Ich legte mich auf den Boden des Bootes und sah in den Himmel. Ich ließ mich schaukeln. Ich musste an den Doktor denken, das gefiel mir zwar nicht, ließ sich aber nicht vermeiden. Wie an einen Spuk dachte ich an ihn, etwas Gestaltloses, Unfassbares. Mit großer Gier hatte er eine unheimliche Aura um sich verbreitet. Es hatte ihm gefallen uns zu beeindrucken. An unserer Verwirrung hatte er sich geweidet, hatte ein Bedürfnis gestillt, hatte vielleicht Ruhe darin gefunden, endlich wieder einmal Ruhe. In seinem Obstgarten hatten wir uns wie Fliegen im Netz einer Spinne verfangen. Er hatte auf uns gewartet, hinter seinen Buntglasfenstern hatte er uns aufgelauert. Was für ein verrückter Kauz war dieser Riemer? Ich dachte an sagenumwobene Wiedergänger, an Außerirdische, oder war er eine ganz neue Spezies Mensch, eine Mutation, die in einer Dorfpraxis ihr Unwesen trieb, unerkannt von den ahnungslosen Dorfbewohnern? War er ein Dr. Jekyll, der sich nachts in ein Monster verwandelte, tagsüber den ehrbaren Forscher mimte?

Natürlich glaubte ich keineswegs an solchen Unfug, aber dass mir dieser Unfug in den Sinn kam, störte mich. Jedenfalls war mir der Doktor in unangenehmer Erinnerung. Noch nie hatte ich die Bekanntschaft eines solch seltsamen Typen gemacht. Er beunruhigte mich, ärgerlicherweise hier mitten auf dem See, unter diesem weiten Himmel und der milchigen Sonne.

Ich setzte mich auf. Der Blick über das Wasser und in die fernen Berge tat gut. Ich nahm die Ruder und tauchte sie ein. Ich zog sie kräftig an und spürte eine überraschende

Energie in meinen Armen. Zug um Zug kam mir das
fremde Ufer freundlich entgegen, nahm Gestalt an. Vage
Umrisse verwandelten sich in Baumgruppen, in ein Dorf,
eine Burg. Eine Stunde später zog ich das Boot an Land
und schaute zurück. Das Studienhaus und die alte Villa
waren mit bloßem Auge nicht mehr zu erkennen.

Selma traf Oskar. Zufällig. Sie trafen sich vor einer
Schlucht, in welcher der breite Strandweg wie in einem
offenen Schlund verschwand. Sie hieß die Jungfrauenschlucht. Ihren Namen wollte Selma heute enträtseln.
Sie hoffte auf einen Hinweis, eine Tafel im Fels, einen
Platz mit der Darstellung einer Jungfrau, oder ähnliches.
Wendelin hatte von einer alten Legende gesprochen,
von der er gehört hatte, die ihm aber leider entfallen
war. Was Selma sah, war gewaltig. Eine riesige Felsgrup-
pe riegelte den Landweg ab. Sie brach aus dem Ufers-
teilhang heraus und ragte weit in den See. Fußgänger
konnten nur über eine Holzbohlentreppe im Innern des
Felsspaltes weiterwandern oder den Rückweg antreten.
Selma traf Oskar am Eingang der Schlucht. Gedanken-
voll stand er da, schaute zu Boden.

»Willst du da hoch?«, fragte Selma. Sie hatte ihr Skizzenbuch unter dem Arm, für alle Fälle.

»Ich überlege noch«, sagte Oskar, »ich überlege was
es bringt, hier einzusteigen.«

»Das ist die Frage«, sagte Selma. »Ich weiß nicht, wie
es dir so geht. Das würde mich interessieren, aber ich
habe hier ein Problem. Ich finde es schwierig, aus der
Umgebung einen Nutzen für meine Arbeit zu ziehen.
Alles ist so schön, zu schön, beeindruckend, bringt mich

aber keinen Schritt weiter. Außerdem habe ich ständig Hunger und denke vor allem ans Essen.«

Oskar war jetzt nicht bereit, sich in seinem Gedanken-gang von Selma stören zu lassen.

»Du«, sagte er, »es tut mir echt leid, aber ich hatte mir vorgenommen, heute besonders auf meine inneren Schwingungen zu achten, mich voll auf wertvolle Reize einzulassen, verstehst du?«

Er legte die Hände an die Ohren, hob den Kopf und schloss die Augen.

Selma sagte: »Verstehe, tu das.«

Sie ging einen Schritt vor und lugte wie ein neugieri-ger Vogel hinter den ersten Felsenturm, der wie ein Pos-tensteher die Schlucht bewachte.

Sie sagte: »Oskar, ich geh jetzt mal hier durch, sollte ich mich am Abend verspäten, stell mir mein Essen bei-seite, bitte.«

Oskar hörte das nicht. Er ging wie ein Tier im Käfig hin und her, wie ein blindes und gehörloses Tier. Zwei Wanderer gingen an ihm vorbei. Sie blieben stehen, be-sorgt, unschlüssig, ob sie dem jungen Mann ihre Hilfe anbieten sollten. Doch dann rannte Oskar los. Er rannte wie ein Flüchtender, als schösse aus der Schlucht eine giftige Wolke, der er entkommen müsse. Die Wanderer sahen sich an, schüttelten den Kopf.

»Sag mal, was war denn das?« Und einig waren sie sich schnell, Bekloppte gab es überall, warum also nicht auch hier.

Beim Abendessen im Studienhaus fehlten Selma und Nina. Um Nina sorgten wir uns nicht. Ich hatte nach der Rückkehr von meinem Bootsausflug einen Zettel auf ihrer Matratze gefunden. Wartet nicht auf mich, esse heute Abend bei Rudi. Doch Selma ging uns ab. Oskar erinnerte sich dunkel daran, sie vor dem Eingang zur Jungfrauenschlucht gesehen zu haben.

»Und«, sagte Wendelin, »was weißt du noch?«

»Gar nichts weiß ich, sie wollte rein, ich nicht.«

»Und dann?«, fragte Wendelin.

»Bin ich zurückgegangen.«

Wendelin war beunruhigt.

»Hat sie etwas gesagt oder was? Wollte sie nur mal ein paar Meter reinschauen, oder wollte sie durchsteigen. Du weißt schon, dass die Schlucht nicht ungefährlich ist, allein sollte man eigentlich nicht gehen.«

Er schlug mehrmals mit seiner Gabel auf den Tisch, sagte, »Leute, was machen wir, hat jemand eine Idee?«

Moritz, Holzschneider und Lithograf, schlug vor, auf Selma weiterhin zu warten. Sie würde demnächst sicher hier ankommen und empört über die Länge des Durchstiegs und des anschließenden Heimwegs klagen.

»Ist man nämlich oben auf dem Steilufer gelandet, macht der Rückweg ins Dorf einen Riesenbogen durch den Hochwald. Sie kennt sich da nicht aus, versucht vielleicht abzukürzen, verläuft sich.«

Oskar fiel nun doch etwas ein. Selma habe etwas gesagt. Sie habe gesagt, dass sie ständig ans Essen denke und Hunger habe, und dass sie, weil alles hier viel zu schön sei, daraus noch keinen Nutzen für ihre Arbeit ziehen könne.

Wendelin starrte ihn an. »Mann Oskar«, sagte er.

Die anderen überlegten, ob sie Selma suchen sollten. Nora und Lise schlugen vor damit zu warten, es sei noch nicht dunkel, die Tage lang und Selma kein hilfloses Kind. Veronique dachte daran, Selmas Portion des Kartoffelgratins aus der Warmhaltewanne auf einen Teller zu retten, bevor die gierigen Männer sich an ihr vergriffen.

»Sie hatte ihr Skizzenbuch dabei«, meldete Oskar.

Veronique stand an der Espressomaschine, sagte: »Espresso für alle?«

Eine unnötige Frage, die unbeantwortet blieb, denn Espresso tranken alle, und Veronique wusste das. Beim letzten Tässchen, das Veronique servierte, ging die Tür auf, kam Selma. Sie sank auf einen Stuhl, blies die Backen auf, stöhnte ein Boah und riss ihr T-Shirt über den Kopf.

»Ich bin total fertig, nassgeschwitzt, beinversehrt, angefikkt und am Verhungern. Habt ihr etwas für mich zurückgelegt, ich habe Oskar darum gebeten. Ist doch so Oskar, oder?«

Wir starrten Selma an.

»Was erzählst du da«, sagte Nora, »wer hat dich angefikkt, wer, wann, wo?«

»Ach, regt euch bloß nicht auf, ich erzähle es euch nachher, ich muss zuerst essen, sonst kipp ich vom Stuhl.«

Veronique servierte Selma den Gratin, lauwarm aber wohlschmeckend wie alle Gerichte des Gasthauses Krone. Selma aß gierig. Wir schauten zu. Dass es ihr noch schmeckte nach den knappen Andeutungen einer Katastrophe, wunderte zumindest die anwesenden Frauen. Einen Espresso trank sie auch noch, dann schlug sie ihr Skizzenbuch auf und klopfte mit dem Zeigefinger auf zwei meisterlich gezeichnete Männerköpfe. Es waren junge Männer, mit dunklem Lockenhaar der eine, mit blondem Bürstenschnitt der andere.

»Diese da, diese beiden«, sagte Selma und klopfte weiter, »erlösten mich heute aus der tiefsten Schaffenskrise meines bisherigen Lebens.«

Mehr sagte sie jetzt nicht dazu, ließ ihre Ansage erst einmal nachklingen. Sie lächelte nach innen.

»Ach«, sagte Wendelin, »und wie dürfen wir uns das vorstellen, ich meine, wie ist diesen Wunderknaben das Erlösungswerk gelungen?«

»Ja mein Gott«, sagte Selma, »was soll ich da sagen, sie gaben ihres, ich gab meines, jeder wie er konnte, aber geschenkt habe ich ihnen meine Zeichnung nicht, das war mein Tarif.«

Wir waren sprachlos, konnten nicht glauben was Selma uns auftischte. Mit heiterer Gelassenheit hatte sie offensichtlich mit zwei jungen Männern ein mehr als kameradschaftliches Klettererlebnis geteilt. Es überstieg allerdings meine Vorstellungskraft, in einer felsigen Schlucht Derartiges zu riskieren, auf schmalen feuchten Trittstufen und abschüssigen Wegstrecken. Am Eingang der Spalte warnt eine Tafel vor Absturzgefahr, verbietet Überholaktionen und bittet die Wanderer an den Eisengeländern Halt zu suchen. Dass das Begehen auf eigene Gefahr geschehe, wird mit drei Ausrufezeichen untermauert.

Malte sagte grinsend: »Jetzt erklärt sich mir der Name Jungfrauenschlucht endgültig.«

Er wartete ab, wie seine Bemerkung ankäme, aber niemand lachte.

»Ich las übrigens in einem Heimatalmanach einen Beitrag über die Legende hinter dem Namen. Im siebzehnten Jahrhundert sollen vier Jungfrauen des Dorfes an einem Sonntag in die Schlucht gegangen sein und seien danach nie mehr gesehen worden.«

»Nie mehr? Vier?«

Veronique wollte das nicht glauben.

Malte wiederholte: »Nie mehr. Kannst du nachlesen, das Heftchen steht in der hinteren Stube im Bücherregal.«

Oskar wollte sich jetzt doch noch an zwei Wanderer erinnern, die nach Selma eingestiegen seien.

»Die hatten aber Hüte auf.«

Wendelin sagte: »Ach Oskar.«

Nachdem Selma nicht bereit war, das Erlebte genauer zu beschreiben, breitete sich in der Gruppe eine gewisse Skepsis aus. Moritz, der zwei Semester Psychologie studiert hatte, meinte:

»Manchmal rettet uns die Fantasie und unser Wunschdenken vor peinlichen Konsequenzen. Das Gute daran ist, es hat denselben, sogar besseren Effekt als die raue Wirklichkeit. Vielleicht weht in der Schlucht der Geist der verschwundenen Mädels und beeinflusst unsere Wahrnehmung.«

Wir sahen Selma an, sag was dazu, war es so? Doch Selma hatte nicht zugehört, irgendwie machte sie jetzt einen etwas verwirrten Eindruck, der durchaus für Moritz Vermutung sprach. Sie klagte über Schmerzen im Fußgelenk. Sie streckte ihr Bein zur Ansicht aus. Der Knöchel war stark geschwollen.

»Mädchen, das zeigst du morgen dem Riemer«, sagte Wendelin, »du hast dir womöglich den Fuß verstaucht.«

»Zum Riemer, du meinst ich soll zum Arzt damit?«

»Find ich schon, der ist gut, behandelt auch Pferde, bei Bedarf«, sagte Wendelin.

Selma sah mich an, ich sah Veronique an, Veronique wiegte den Kopf hin und her, weiß nicht, schien sie sagen zu wollen.

»Übrigens«, fiel es Lise plötzlich ein, »bei uns ist das ein geläufiger Spruch unter Jugendlichen, ich bin total angefikkt. Das sagen viele, wenn sie fix und fertig oder high sind, da denkt sich keiner was.«

»Sag ich doch die ganze Zeit«, meldete sich Selma, »sag ich doch.«

»Und was bist du jetzt«, wollte Moritz wissen, »fertig oder high?«

»Beides, ich bin beides.« Sie öffnete die Ringspange ihres Pferdeschwanzes und ließ ihre Haare auf die Schulter fallen, bauschte mit den Händen die nassgeschwitzten Strähnen auf. Ihre Haare erinnerten mich an Fäden aus Naturbast, strohfarben, dick und borstig. Pferdehaar, Rosshaar, hätte meine Mutter dazu gesagt, die mit Überzeugung ihren Kopf auf ein Rosshaarkissen bettete. Meist kämmte Selma ihre Haare mit einem groben Holzkamm straff aus der Stirn und bändigte die Fülle in einem dicken Nackenzopf. Kein Löckchen umschmeichelte ihr breites Kindergesicht. Ihre Backen zierten Wangengrübchen von erstaunlicher Tiefe. Selma hatte sich angewöhnt, mit ihrem Bleistift darin zu bohren, ihn zu drehen, als spitze sie ihn. Sie tat es gedankenverloren und gern bei wichtigen Überlegungen.

Selma ging durch die Tage wie eine, die auch über Wasser laufen kann. Nirgends sah sie Probleme. Unängstlich und robust zog sie ihre Bahn, auf festen Beinen mit rund gedrechselten Waden und kräftigen Fesseln. Sie trug flache Schuhe aus einem Naturwarenladen. Das Leder stamme

von artgerecht gehaltenen Rindern, erklärte Selma. Ein
Traum von Nachhaltigkeit seien sie, denn die Schuhe hielten viele Jahre, in Wahrheit ein Leben lang. Es täte ihr
natürlich leid, dass die Tiere dafür sterben mussten, aber
sie freue sich, dass sie ein gutes Leben gehabt hätten. Selma
freute sich andauernd. Sie freute sich über jede Kleinigkeit,
über das Wetter, gleich welches, einen Witz, gutes Essen,
über ihr Bett, eine Tasse Kaffee, Schokolade, über den Morgen, den Mittag, den Abend, am meisten freute sie sich über
sich selbst, war glücklich, dass sie lebte und dass es sie gab.

»Wie gut, dass es mich gibt«, sagte sie, wenn sie zufrieden ihre Pinsel beiseitelegte. Ich besuchte sie oft in ihrem
Hochschulatelier, sah ihr bei der Arbeit zu. Sie schwelgte
in Farben, rührte in Eimern verwegene Mischungen an,
sie spritzte, sprühte, wischte, trug auf, schabte ab, ließ es
laufen, zog satte Bahnen durch ihr Riesenformat oder
stupfte mit dem Borstenpinsel Spuren auf die Leinwand,
zarte Trippelspuren eines Vogels, Stempeltritte eines Ti-
gers, Heuschreckentanz. Ihre Backen röteten sich im Eifer des Schöpfungsaktes, sie war die Herrin der Elemen-
te, befahl der Farbe, dem Pinsel, erschuf eine geheimnis-
volle Welt, die mich verzauberte.

Dass sie eine Schaffenskrise erlitten hatte, war mir
neu. Es passte nicht zu ihr, nicht zu Selma.

Die Krise konnte aber so schlimm nicht sein, sagte
ich mir, als ich sah, dass Selma jetzt auch noch mit gutem
Appetit ein gewaltiges Kuchenstück verzehrte. Nora hatte Streuselkuchen gekauft. Nach der Grundierung ihrer
Leinwände war sie zunächst trostlos uninspiriert gewesen. Trockenzeit auf Leinwand und im Kopf, Angst vor
dem leeren Format. Außerdem hatte Veronique vor ihren

Augen resigniert, hatte ihr Material eingetütet und das Weite gesucht. Sie hatte damit destruktiven Einfluss auf sie genommen, war ihr kein gutes Vorbild für Beharrlichkeit gewesen im Kampf um das Werk. Also war Nora zu Bäcker Bieri ins Dorf gewandert, mit Rucksack und hatte für alle Kuchen besorgt. Wenn ihr heute schon kein großer Wurf mehr gelänge, wollte sie wenigstens der Gemeinschaft dienen.

Fröhlich stieß Selma ihre Gabel in den Kuchen, lachte laut auf, als Nora von Bäcker Bieri erzählte. Er habe, sagte sie, gefragt, ob sie eine von der malenden Zunft sei und ihm eine große Holzfigur bemalen könne. Vorder- und Rückseite, gegen Bezahlung oder Kuchen, eine junge, hübsche, lachende Bäckerin in Menschengröße, die einen Napfkuchen in den Händen hält. Er habe vor kurzem auf dem Jahresausflug der Bäckerinnung im Elsass eine solche Figur vor einem Bistro gesehen und sie ginge ihm seither nicht mehr aus dem Kopf.

»Das glaub ich gern«, sagte Moritz. »Kennt ihr Bäcker Bieris Frau, Elfriede Bieri? Ihr Mann nennt sie Elfi.«

Fast alle lachten, ich nicht, weil ich Frau Bieri noch nicht kannte, nahm mir aber vor, in den nächsten Tagen beim ersten eigenen Durchhänger die Bäckerei zu besuchen. Der Besuch schien eine günstige Wirkung auf krisengeschüttelte Künstler zu haben.

Nina kam spät in der Nacht zurück. Wir hatten schon geschlafen, als sie sich im Dunkeln zu ihrer Palette schlich, dabei an ein Stuhlbein stieß und den Bücherturm auf ihrem Stuhl zum Einsturz brachte. Veronique wachte auf, ich auch, und Nina sagte: »Sorry, tut mir leid, das wollte ich nicht.«

Ich flüsterte: »Wie war es denn«, aber Nina hatte zu tun. Sie kniete vor ihrem Bett und errichtete wieder ihre Bücherpyramide, das größte Buch zuunterst, das kleinste Taschenbuch zuoberst, im Dunkeln, durch Ertasten des Formats. Danach kroch sie unter die Decke und begann sofort leise zu schnarchen. Veronique hatte sich aufgesetzt.

»Klingt das jetzt nach einem guten oder schlechten Abend«, raunte sie.

Ich überlegte. »Ich denke, es klingt gut. Sie ist zufrieden, sonst würde sie röcheln oder weinen oder schimpfen. Nein, sie ist sorglos eingeschlafen.«

Später träumte ich. Ich sah Nina am rustikalen Holztisch mit Rudi, dem Jungbauern. Sie verzehrten Schweinshaxe mit Kraut, sie tranken Bier. Rudi rülpste so laut, dass Nina sich empörte und sagte, dass sie ein solches Benehmen nicht dulden könne und nicht erwartet habe und daraus weitreichende Schlüsse zöge. Sie stand auf, wollte gehen, doch Rudi stellte ihr ein Bein und sie fiel auf den Stubenboden, blieb liegen. In Ruhe aß der Jungbauer weiter, aß seine Haxe, trank sein Bier.

Ich wachte nochmals auf, horchte, die anderen schliefen. Ich stand auf, ging leise auf die Veranda und lüftete mein verschwitztes Nachthemd im Durchzug offenstehender Fenster. Es war eine sehr warme Nacht, nicht einmal vom See her kam Kühlung. Im Fenster der Riemer-Villa stand wieder die Gestalt im Dunkeln. Wie gebannt starrte ich hinüber und tat, was ich nicht tun wollte. Wie ferngesteuert hob ich meinen Arm. Da hob die Gestalt auch ihren Arm, sehr langsam und ließ ihn wieder sinken. Mir wurde schlecht, ich tastete mich in mein Bett und rang nach Luft und Fassung.

Am anderen Morgen glaubte ich, ich hätte von Nina geträumt, von Nina, die aus einem Fenster der Riemer-Villa gewunken und sich über den Doktor beklagt hatte, der ihr nach dem Leben trachte, sie mit Essen mäste, mit Bier abfülle, alles versuche, um sie krank zu machen, ein Bein habe er ihr auch gestellt.

Unfähig, mich meiner künstlerischen Entwicklung zu widmen, ging ich an diesem Tag zu Bäcker Bieri. Ich hoffte, eine gute Entscheidung getroffen zu haben. In der Bäckerei konnte ich im hintersten Winkel des Ladens an einem der drei Bistrotische Kaffee trinken. Bäcker Bieri hatte Kundschaft. Zwei Frauen konnten sich nicht entscheiden, ob sie Erdbeersahne- oder Prinzenschnitten nehmen sollten. Außerdem mussten sie sich immer wieder nach mir umdrehen, mich mustern, konnten sich daher schlecht konzentrieren. Bäcker Bieri rief endlich: »Elfi«, und da kam sie. Sie brach wie ein Windstoß durch eine karamellfarbene Schwingtür, die, aufgestoßen mit Wucht und überschüssiger Kraft, gegen einen ziegelsteingroßen Türstopper knallte. Niemand erschrak außer mir. Ich zuckte zusammen und stieß mit einer Hand gegen das Bistrotischchen. Eine mehlbestäubte Walküre bewegte sich auf mich zu, nahm mir die Sicht auf die Kuchentheke und die beiden Frauen. Sie war sehr groß, im Körperbau wuchtig, breit, nicht dick, sondern muskulös, eine Speerwerferin, dachte ich, eine Kugelstoßerin, eine, die ihre Kugel für immer von sich geworfen hatte und stattdessen mit gewaltigen Armen dicke Brotlaibe formte, diese mit Augenmaß auf riesige Backbleche schleuderte. Jedes Mal ein satter Knall, immer ein Volltreffer ins Schwarze an der richtigen Stelle. Ich stellte mir vor, wie Elfi in der Backstube wütete, walkte, knetete, wie sie Mehlfontänen verstäubte, mit heißen Blechen jonglierte, auf Knusperrinde klopfte, so als begehre sie Einlass in ein Gehäuse. Denn so viel wusste ich von den Stipendiaten und konnte es auch sehen, sie war die Meisterin des Teiges, die Bäckerin. Bieri war der Geschäftsmann. Er, einen Kopf kleiner als seine Frau, beriet einfühlsam seine Kunden, bot Naschproben an und wartete geduldig auf eine Entscheidung. Jetzt schmeichelte er den beiden Frauen, er war auf Du mit ihnen, lobte sie, sagte:

»Wie recht ihr habt, Erdbeeren sollte man essen, wenn sie in der Region reifen, da habt ihr gut gewählt, Prinzentorte hat das ganze Jahr Saison.«

Elfi trat auf mich zu, beugte sich besorgt nach vorn, legte die Hände ineinander und sagte: »So, was darf ich Ihnen denn bringen?«

Ihre Stimme überraschte mich. Ich hatte Trompetentöne erwartet, doch Elfi sprach leise, in mittlerer Tonlage, freundlich, die Intimität eines Bestellvorganges wahrend. Sie sprach, als nehme sie herzlichen Anteil an meinen geheimen Wünschen, als gelte es, mich mit meiner Kuchenwahl einem betrüblichen Geschick zu entreißen. Sie bildete mit ihrem Körper einen natürlichen Schallschutz zwischen mir und den Frauen, die je ein Ohr auf meine Ecke gerichtet hatten, dabei mit Bäcker Bieri weiterhin gekonnt im Gespräch blieben, ihm zusahen, wie er geschickt die Schnitten in kleine, feuchtigkeitsresistente Papiere einschlug und auf einem rechteckigen Pappteller sorgfältig arrangierte. Ich bestellte Prinzenschnitte und eine Portion Kaffee.

»Das bring ich Ihnen gerne«, sagte Elfi hocherfreut, geradezu begeistert, und es klang wie ein Versprechen.

Mit schwerem Schritt ging sie zu einer Anrichte, grüßte die Frauen. »Hallo Lene, hallo Paula«, zog ein buntes
Tablett aus einem Regal und setzte die Kaffeemaschine
in Gang.

Die Frauen drehten jetzt den Kopf zur Seite und mus-
terten Elfis breiten Rücken. Sie sahen sich an und schüttelten den Kopf. Bäcker Bieri sah das nicht, er war mit
dem Verpacken des Kuchenpakets beschäftigt. Er schob
das Paket zu seinen Kundinnen und sagte:

»Das macht jetzt sechzehn Euro, bitte sehr.«

Eine der Frauen bezahlte, die andere griff nach dem
Paket, und zögerlich verließen sie den Bäckerladen, war-
fen noch einen raschen Blick auf mich, sahen aber keinen weiteren Grund, sich länger aufzuhalten. Elfi sagte:

»Alois, leg mir eine Prinzenschnitte auf.«

Sie sagte auch das mir leiser Stimme, eher bittend als
befehlend. Der Bäcker reichte ihr das Gewünschte. Zusammen standen sie dicht vor meinem Tablett, schienen
sich zu beraten. Er sah zu ihr auf, sie nickte mit dem
Kopf, mach ich, hörte ich sie sagen, und Bieri legte seine Hand an ihren Rücken, knapp über dem Steißbein.
Er sah zu, wie seine Frau das Kaffeekännchen neben die
Tasse stellte, er sorgte für Zucker und Milch, faltete noch
schnell eine geblümte Papierserviette, legte sie neben
den Teller, und endlich trug Elfi das Gemeinschaftswerk
zu meinem Tisch und stellte es vor mir ab.

Sie sagte: »Einen guten Genuss wünsch ich Ihnen.«

Sie blieb stehen.

Ich sagte: »Das sieht ja sehr verlockend aus«, und versicherte, dass ich schon lange keine solch wunderbare
Torte mehr gegessen hätte.

»Ja, schön, sehr schön«, sagte sie zerstreut.

Mein Lob auf ihre Torte schien sie nicht zu interessieren. Sie hatte die Hände an ihre starken Hüften gelegt, neigte sich leicht vor. Sie fragte, ob sie ganz kurz etwas mit mir besprechen dürfe, eine Sache von großer Wichtigkeit. Sie und ihr Mann wären einigermaßen ratlos und wüssten nicht, wem sie sich anvertrauen könnten. Das Gedeck sei heute ein Geschenk, und sie wären dankbar für einen Rat, den ich ihnen vielleicht geben könnte.

Ich staunte und wusste nicht, was ich davon halten, was ich dazu sagen sollte. Elfi wartete das auch nicht ab. Sie fragte, ob sie sich setzen dürfe und schon saß sie mir gegenüber, ohne dass ich eingewilligt hatte.

»Es geht um die Frau vom Doktor, die Sandra«, kam sie ohne Umschweife auf den Punkt. »Ich weiß, sie arbeiten im Studienhaus und haben den direkten Blick auf die Villa. Wir sind hier im Dorf beunruhigt, was die Sandra betrifft. Seit drei Jahren hat kein Mensch auch nur einen winzigen Zipfel von ihr gesehen. Der Doktor behauptet, seine Frau leide an einer Lichtallergie und müsse im Dunkeln leben, aber wir fragen uns, welcher Mensch so ein Leben ertragen könne. Die Sandra war ein fröhlicher Mensch, mit den meisten Leuten hier auf Du, im Gegensatz zum Doktor, der eher zurückgezogen lebt, seine Arbeit ausgenommen. Ich war mit der Sandra befreundet, sie hat mich unterstützt. Ich hatte es anfangs hier auf dem Dorf nicht leicht, viele machten Witze über mich. Sie fanden mich im Bäckerladen deplatziert, zu stark, zu mächtig, irgendwie beängstigend hinter dem Ladentisch. Sie sagten, ich passe nicht zu den Kuchen, zerquetsche sie allein mit den Augen, ohne sie anzufassen. Den Kindern erzählten sie, die Elfriede stecke sie in den Ofen, wenn sie nicht pünktlich nach Hause kämen. Trödelt nicht herum, sonst packt euch die Elfi, drohten sie. Die Sandra hatte kein Problem mit mir. Bewusst ging sie vor den Augen der Dorfbewohner am Sonntag mit mir spazieren, wir aßen zusammen Eis am See, fuhren auch mal Boot. Ich bin ja eine sehr gute Ruderin, müssen Sie wissen.«

Elfie lachte jetzt, aber nur kurz.

»Unsere Männer liebten sonntags vor allem ihre Ruhe. Der Meine lag im Bett oder auf dem Sofa und schaute Sport. Der Doktor lag in seinem Garten und las was Literarisches. Das verband die Sandra und mich. Wir hatten so schöne Tage zusammen.«

Elfi sah auf meinen Kuchen, den ich noch nicht angerührt hatte.

»Jetzt rede ich Ihnen den Kopf voll und Sie essen nicht. Eigentlich wollte ich Sie nur bitten, ein bisschen die Augen aufzuhalten, auch mal zu horchen, ob Sie etwas sehen oder hören, was Ihnen zeigt, dass die Sandra noch lebt. Ja, dass sie noch lebt, darum geht's, ich sag es frei heraus. Niemand wagt es, dem Doktor Fragen zu stellen. Anfangs erkundigten sich die Leute noch nach seiner Frau. Sie fragten, wie geht es Sandra? Der Doktor sagte, es ginge ihr nicht gut und sie müsse eine Zeit lang Licht und Sonne meiden. Nun, diese Zeit dauert jetzt schon drei Jahre an und keiner sagt etwas dazu. Er ist schließlich ein Doktor. Ein Doktor wird schon wissen, was seiner Frau hilft, er ist der Fachmann, wir sind die Laien. Aber es gehen Gerüchte um. Einige wollen wissen, die Sandra sei ertrunken, nachts im See, als sie im Dunkeln baden wollte. Ein paar alte Dörfler sagen, die Jungfrauen in der

Schlucht hätten sie geholt und ließen sie nicht mehr frei.
Andere behaupten, sie sei abgehauen, und der Doktor
schäme sich es zuzugeben. Man habe sie gesehen, in Ita-
lien, an der Ostsee, sogar in der Karibik. Leider zur glei-
chen Zeit. Aber die Leute blieben dabei, eine große Son-
nenbrille habe sie getragen, und sie sei es gewesen, ganz
sicher sei sie es gewesen, keinen Zweifel gäbe es da.«

Ich schaute Elfi zum ersten Mal direkt ins Gesicht,
auf Augenhöhe. Sie war erregt, Schweiß stand auf ihrer
Stirn, ihr kräftiger Hals lief rot an. Ihre stoppelkurz geschnittenen braunen Haare glänzten feucht. Unter ihrer
Hygienehaube in der warmen Backstube sammelte sich
unvermeidlich Schwitzwasser. Sie fuhr mit dem nackten Unterarm über ihre Stirn und wischte ihn an ihrer
weißen Schürze ab. Verglichen mit Elfis massivem Körperbau, war ihr Gesicht erstaunlich fein geschnitten. Die
Nase schmal und gerade, die volle Oberlippe stülpte sich
wie schützend über die schmalere Unterlippe.

Sie sah mich an, als wäre ich ihre letzte Hoffnung,
ein Strohhalm, an den sie sich klammere, eine rettende
Holzplanke auf stürmischem See. Mit Hundeaugen sah
sie mich an, bittend und ergeben, das Schicksal ihrer einzigen Freundin in meine Hände legen wollend. Ich trank
einen Schluck Kaffee, schob ein Stück Kuchen in den
Mund, aß bewusst langsam und ließ Elfi warten.

Ich hasste diesen Überfall auf meine Person, auf meine Ruhe. Ich wollte Kaffee trinken, die Schnitte essen,
abhängen in diesem kleinen Bäckerei-Café. Aus einer
schattigen Ecke heraus wollte ich Kunden beobach-
ten, Käufer, die überlegen, in Entscheidungsnot geraten
wegen dreierlei Brotsorten, wegen einem Korb Brötchen,

die heute bereits ausverkauft waren und einer bescheidenen Kuchenauswahl. Ich nahm es Elfi übel, dass sie mich hier belästigte, ich nahm ihr übel, dass sie mich beanspruchte, mir etwas zumutete, mir einen Auftrag erteilen wollte, von dem ich nichts wissen wollte. Ich beschloss, ihr keinen Schritt entgegen zu kommen, vor allem meine nächtlichen Beobachtungen für mich zu behalten, mich vollkommen von der Geschichte zu distanzieren. Es fehlte noch, dass ich meine Studienzeit mit den Problemen anderer Leute verbraten würde, statt mich um meine Weiterentwicklung zu kümmern. Seit zwei Wochen war ich hier, hatte noch keinen Einstieg in eine neue Idee gefunden. Ich zeichnete wie immer, zeichnete Selma, Veronique, Nina, zeichnete auch Moritz, Oskar und Malte. Ich zeichnete sie von vorn, von hinten, im Profil, von nah, von weitem, legte den Stift beiseite und gähnte. Ich bin nicht hier, um die Frau eines beknackten Doktors zu beschatten, die verschollene Freundin einer unglücklichen Bäckersgattin. Ich bin hier, um von den Möglichkeiten eines sorglosen Aufenthalts zu profitieren.

Ich legte die Kuchengabel auf die Serviette.

»Frau Bieri«, sagte ich, »sollte ich zufällig eine Beobachtung machen, die ich seltsam finde, gebe ich Ihnen Bescheid. Bis jetzt ist mir in dieser Hinsicht aber nichts aufgefallen, außer, dass Patienten kommen und gehen. Alles ganz normal, eine Dorfpraxis, wie man sie sich nur wünschen kann. Natürlich sind wir auch mal unterwegs, mit dem Bus, manchmal am See, und ich achte ungern auf Nachbarn, grundsätzlich.«

Das musste sie hören, wenn ich meine Ruhe vor Elfriede Bieri haben wollte.

Sie nickte verständnisvoll.

»Ja, ja«, sagte sie, »ich verlange auch nicht, dass Sie Ausschau halten. Ich dachte nur, so nah wie Sie wohnen, als Nachbarin, plötzlich hört man etwas, weiß nicht, was man hört, es klingt seltsam, zu ungewöhnlicher Zeit, vielleicht nachts, Sie verstehen?«

Ich nahm den letzten Bissen der Schnitte, tupfte mit der Serviette meinen Mund ab und versprach, mir bei auffälligen Geräuschen, wie etwa Schreien, Röcheln oder Stöhnen, durchaus Gedanken machen zu wollen. Elfi schloss bestürzt die Augen, sackte etwas ein, als habe sie einen Schlag ins Genick bekommen. Meine drastischen Worte hatten sie nun doch erschreckt, aber auch befriedigt, denn endlich hatte jemand ausgesprochen, was sie sich schon lange insgeheim vorstellte, was sie umtrieb.

Bezahlen durfte ich nicht. Käme nicht in Frage, sagte Elfi, bei so viel Verständnis meinerseits. Wir gingen zur Theke, Elfi blieb stehen. Erdbeerschnitten waren ausverkauft, Prinzenschnitten noch reichlich im Angebot. Gerne würde sie mir noch Schnitten einpacken, für meine Kollegen, alles junge Menschen, die immer Hunger hätten, sie wisse das, sei früher auch ihr Problem gewesen.

»Ihr seid wie viele?«, fragte sie und hielt die Tortenschaufel bereit.

»Neun sind wir«, sagte ich und rechnete mich nicht dazu. Eine Prinzenschnitte pro Tag war mir genug, ich freute mich auf das Gulasch heute Abend, mit Knödel und Blattsalat.

Am späten Abend tranken wir Wein, saßen auf dem Verandaboden auf abgewetzten Sitzkissen, die wir in einer Kellerecke des Hauses entdeckt hatten. Selma schob ein zusätzliches Kissen unter ihr bandagiertes Bein. Sie erzählte von ihrem Arztbesuch heute Nachmittag. Ohne Voranmeldung war sie bei Riemer angetreten.

»Ich drückte ordentlich die Klingel, wartete kurz, dann öffnete eine sehr junge Frau in weißer Hose und weißem Poloshirt die Tür. Sie sah mit Kennermiene auf mein dickes Bein, sagte oha, und führte mich zu Zimmer eins, in den Empfang. Hinter dem Schreibtisch saß ein identisch gekleidetes Mädchen, noch jünger als ihre Kollegin, braungebrannt mit sonnengebleichtem Pferdeschwanz.

»Schon mal hier gewesen, nein? Dann brauch ich einige Daten, Name, Alter, Krankenkasse«, sagte die und schob mir einen Vordruck über den Tisch, einen Kugelschreiber hinterher. Während ich das Blatt ausfüllte, telefonierte sie, bediente gleichzeitig eine Tastatur, studierte eine Tabelle auf ihrem Bildschirm. Ohne nach mir zu sehen, wusste sie, dass ich meinen Eintrag beendet hatte. Sie schien das zu hören oder zu wittern.

»Sie sind fertig«, stellte sie fest, nahm das Blatt, den Kugelschreiber.

»Sie müssen etwas warten, das Wartezimmer ist links, Toiletten sind rechts.«

Ich sagte: »Ich weiß. Sie hatte keine Zeit sich zu wundern.«

Selma nahm einen Schluck Wein, schob ihr Kissen Richtung Knie. Riemer hatte ihr Bein von der Verse bis zur Kniekehle bandagiert, mit einer grünen Kompressionsbinde.

»Komisch«, sagte sie, »ihr könnt euch nicht vorstellen, wie ernüchternd das für mich war. Der nächtliche Spuk,

wie weggeblasen. Ich konnte nicht mehr glauben, dass
wir diesen Abend mit Riemer wirklich erlebt hatten. Ich
ging ins Wartezimmer, fünf Leute saßen da. Sie saßen
auf Schwingstühlen, glänzende Stahlrohrgestelle mit
Lederbespannung, diese schwarz. Zwei Männer schaukelten schläfrig vor und zurück. Sie erschraken beide,
als meine Türöffnerin einen von ihnen zum Doktor bat.
Herr Wellner bitte. Ich saß, beobachtete, horchte. Nichts
unterschied dieses Wartezimmer mit seiner Einrichtung
von allen anderen, die ich kannte. Lediglich die farbigen
Gläser der Jugendstilfenster sorgten für eine besondere
Note. Die Sonne warf bunte Flecke an die gegenüberliegende Wand. Ich fragte mich, ob die beiden jungen
Frauen von der Existenz einer Arztgattin im Oberstock
wussten. Wer täglich in diesem Haus arbeitet, musste es
doch wissen. Ich suchte im Blick der Sprechstundenhilfe
nach einem Hinweis auf ein Geheimnis, das sie wahren
musste, dem sie unterworfen war, das sie vielleicht belas-
tete, aber da war nichts. Sie blickte wie alle Sprechstun-
denhilfen, die ich erlebt hatte, freundlich distanziert auf
ihre Patienten, bat mich mitzukommen, ging voran und
führte mich ins Zentrum, ins Sprechzimmer des Chefs.
Der Chef, so sagte sie, habe in wenigen Augenblicken
Zeit für mich, und ich dürfe inzwischen meine Sandalen
ausziehen. Sie ging, und kurze Zeit später kam Riemer.«

»Mein Gott, Selma«, sagte Veronique, »wie aufre-
gend. Ich bin nicht sicher, ob ich mich in die Höhle des
Löwen gewagt hätte, ehrlich.«

Selma klopfte an ihre Bandage.

»Ich war natürlich aufgeregt, aber ich kam als Patient
und ging als Patient, und der Riemer tat, als habe er mich

noch nie gesehen. Er kam rein, beachtete mich nicht, schaute zunächst stehend auf seinen Bildschirm, klimperte einige Takte auf seiner Tastatur und stellte fest, Sie sind zum ersten Mal hier, was haben Sie mir denn mitgebracht, darf ich mal sehen. Jetzt wandte er den Kopf, sah mir aber nicht ins Gesicht. Ich hob ihm wortlos mein Bein entgegen. Er setzte sich auf seinen Arbeitsstuhl, rollte zu mir her, sagte, Sie erlauben, und legte meinen Unterschenkel auf sein Knie. Das war jetzt gar nicht angenehm für mich, das könnt ihr mir glauben. Ich spürte sein hartes Knie, da war so eine körperliche Verbindung zwischen ihm und mir, die mir nicht gefiel, die ich nicht wollte. Schwer auszuhalten war das, es war mir peinlich, und es tat auch weh. Er betastete meine Wade, drückte sie an der dicksten Stelle, dann legte er seine Hand auf mein Bein, über mein Fußgelenk, dann wieder auf die Wade, horchte auf irgendetwas, als könne er Schmerzen hören. Ich befürchtete, er lege auch noch sein Ohr an meinen Fuß, was ich nicht ertragen hätte. Plötzlich richtete er sich auf. Er schaute zum Fenster. Er sagte, das Fußgelenk sei verstaucht, eine Knochenhautentzündung am Schienbein, welchen Bergsturz haben Sie denn überlebt. Er ging zu einem Glasschrank und wählte aus verschiedenen Binden eine grüne breite Kompressionsbinde. Ich muss ihr Bein bandagieren, meinte er, das Gelenk auch. Diesmal bat er mich, auf der Untersuchungsliege Platz zu nehmen, mich zu legen. Dann umwickelte er meine Fußsohle, das Fußgelenk. Mit fast zärtlich arbeitenden Händen und ohne Hast kam er voran, wand er die Bandage mit Sorgfalt um meine Wade, strich beruhigend über das fertige Werk und befestigte das Bindenende mit roten Klebepads, wie ihr hier seht. Und dann sagte er, und das haute mich irgendwie um, für Künstler mach ich es gerne bunt. Dabei sah er mich das einzige Mal für einen sehr kurzen Augenblick an. Sie können jetzt wieder ihre Sandalen anziehen, sagte er und zog den flachen Schieber einer Metallkommode auf. Entzündungshemmer und Schmerztabletten gebe ich Ihnen mit. Er reichte mir zwei Medikamente. Er begleitete mich zur Tür. Die Bandage lassen Sie die nächsten vierundzwanzig Stunden am Bein, bis dahin müsste die Schwellung etwas abklingen. Sollte es nicht besser werden, kommen sie wieder. Er hatte die ganze Zeit zu Boden geschaut. Er drehte sich um und ließ mich stehen.«

Selma verschränkte die Hände im Nacken und reckte sich.

»Und, jetzt, was sagt ihr, was haltet ihr nun von diesem Mann?«

Veronique wollte wissen, wie er gekleidet war.

»Eindeutig wie ein Arzt, den weißen Kittel trug er lässig offen, über einer weißen Hose und einem weißen Poloshirt. Die Haare, ein bisschen fettig, strähnig, nicht so glänzend frisch wie neulich, eher am Kopf klebend und hinter die Ohren geklatscht. Jedenfalls hatte der sich für uns an jenem Abend ganz schön in Form gebracht, meine ich.«

Nina rätselte: »Hat er dich nun erkannt, oder hat er nicht?«

»Natürlich hat er sie erkannt«, sagte ich, »das verrät schon die Bemerkung mit den Künstlern. Ganz eindeutig ist das, auch dass er Selma so abweisend behandelte, zeigt doch, wie erschrocken er gewesen sein musste, eine von uns in seinem Sprechzimmer wiederzusehen.«

»Ja, so sehe ich das auch, sagte Selma, »aber abweisend
fand ich ihn nicht, eher gehemmt. Der kurze Blick, den
er riskierte, war der eines Ertappten, etwa eines Mannes
mit gefälschtem Pass, der in eine Kontrolle geraten war.
Davor und danach hatte er jeden Blickkontakt vermie-
den, hatte immer nur zu meinem Bein gesprochen und
nicht mit mir. Warum weiß ich nicht. Er hatte an jenem
Abend schließlich nichts verbrochen, oder? Er hatte uns
bedient, uns besten Wein kredenzt.«

»Und uns haarstäubende Geschichten aufgetischt«,
sagte Veronique. Sie stand auf und schüttelte ihr Bein,
einen Krampf habe sie, vom Bodensitzen, sie sei das eben
doch nicht so gewohnt.

Am nächsten Tag rückte Nina endlich mit einem Bericht
heraus, nicht gerne, aber wir wollten es wissen. Sie hatte
sich an einem einzigen Abend am bäuerlichen Holztisch
bei Kartoffelsalat und Schweineschnitzel in Rudi verliebt.
Sie sagte: »Ich wollte es nicht, aber es ist passiert. Nicht
was ihr denkt ist passiert, aber der Rudi ist der Mann von
dem ich immer träumte. Ich fasse es nicht, aber bei mir
hat es eingeschlagen, so richtig, hundertprozentig.«

»Donnerwetter«, sagte Veronique. Wir lachten, aber
nur kurz. »Und jetzt, wie geht es weiter?«, fragte ich.

»Wie soll es weitergehen, keine Ahnung«, sagte Nina.
»Ich weiß ja nicht, wie es um den Rudi steht. Ich meine,
gespürt habe ich schon seine Aufregung, seine Zuneigung, aber gesagt hat er halt nichts.«

Veronique sagte: »Dann hast du noch Zeit, den Kopf
aus der Schlinge zu ziehen, ich dachte schon, du wärst
auf immer verloren. Stell dir doch mal vor, ein Leben

als Bäuerin, wie soll das gehen bei deiner Begabung fürs Grafische. Du kannst doch der Welt wegen einiger Kühe und einem interessanten Heustadel nicht eine Künstlerin von Rang vorenthalten.«

Wir frühstückten. Malte und Moritz saßen auch mit am Tisch, verstanden nicht wirklich, um was es ging, Malte hatte aber trotzdem eine Meinung dazu.

»Nina«, sagte er, »das geht nun wirklich nicht. Es wäre nicht im Sinne der Stiftung, ihre Günstlinge an Landwirte zu verlieren.«

»Na hör mal«, ereiferte sich Veronique, »nur weil sie sich mal eben verliebt hat, geht's doch nicht gleich um eine Lebensentscheidung. Man verliebt sich, lebt eine Zeit lang mit jemand zusammen, das wars dann. Wenn ich denke, wie oft ich schon glaubte, ich hätte mein Jerusalem gefunden, und dann? Nach wenigen Wochen war ich heilfroh, wenn ich statt eines Liebhabers unsere Pferde umarmen konnte, und meine Eltern mich mit Sauerbraten und Kartoffelklößen verwöhnten.«

»Nicht jeder kann sich auf den elterlichen Pferdehof zurückziehen. Ich würde mich keine Nacht mehr in der Sozialwohnung meiner Eltern ausweinen wollen, womöglich Quartier beziehen. Da bleibt man schon mal länger, als es gut für einen ist, trennt sich schwerfälliger. Mit Taschen auf der Straße zu stehen, ist keine verlockende Option«, sagte ich.

Ich hatte erst vor wenigen Wochen eine Beziehung beendet und war aus der Wohnung eines Jens ausgezogen. Durch das Stipendium hatte ich vorerst eine Bleibe im Studienhaus. Meine Habseligkeiten lagerten im Speicher einer Freundin, bei der ich auch vorübergehend untergekommen war. »Bleib solange du willst«, hatte Renate mir angeboten. »Dein Gepäck ist bei uns gut konserviert.«

»Du müsstest das Stipendium zurückzahlen, falls du es abbrechen solltest«, überlegte Selma ernsthaft. Sie stand, und hatte es sich trotz ihres Beines nicht nehmen lassen, am Herd und beaufsichtigte Eier im Kochwasser.

»Das lohnt sich rein wirtschaftlich nicht eines Mannes wegen. Aber sag mal, wie war der Kartoffelsalat, mit oder ohne Mayonnaise, mit Mayonnaise kannst du ihn vergessen, den Mann und den Salat.«

Nina dachte nach. Sie nahm unsere Äußerungen sehr ernst, rührte mit einem kleinen Löffel in ihrer Kaffeetasse. Sie sagte: »Wenn ich mir vorstelle, hier zu leben an Rudis Seite, zwischen Hühnern und Kühen, dann wird mir Angst. Der Rudi ohne seinen Hof wäre ideal, aber das Eine gibt es wohl nicht ohne das Andere, das weiß ich auch.« Sie lutschte versonnen an ihrem Löffel.

»Davon kannst du ausgehen«, sagte Veronique. »Ein Bauer ohne seinen Hof ist wie ein Reiter ohne Pferd, er ist ein Niemand, ein Verlorener, ein halber Mensch. Du kannst niemals das ersetzen was ihn ausmacht.«

»Ist mir schon klar«, sagte Nina, »aber was mach ich mit meinen Gefühlen, die mich verfolgen. Die kommen genau zur Unzeit. Ich kann mich gerade auf nichts konzentrieren.« Selma schreckte die Eier ab und stellte sie in einem Körbchen auf den Tisch.

»Iss ein Ei und denk nicht an Kartoffelsalat, der Rest erledigt sich dann von selbst.«

Selma irrte sich. Nina dachte ihrem Rat folgend nicht an Kartoffelsalat, aber Rudi dachte an Nina. Drei Tage später stand er in unserer Küche mit einer Palette tagesfrischer Eier. Wir frühstückten. Nina schlief noch. Oder sie wusch sich die Haare, die seidig weichen, bernsteinfarbenen, auf Linie geschnittenen kinnlangen, die sie täglich wusch, damit sie bei jeder Kopfbewegung wippen und flattern konnten. Vielleicht machte sie auch Yoga, auf der Veranda, den Lotussitz, die Katze, den Krieger, blickte dabei über den See, oder sie lag platt auf dem Boden und starrte zur Decke wie jeden Morgen. Nina sagte, ohne Yoga ginge bei ihr gar nichts, sei sie eine leere Hülle, komme sie nicht ins Leben.

Ich hatte Rudi sofort erkannt. Nina hatte ihn detailfreudig beschrieben, ohne rosarote Brille und Übertreibung. Mit seinem Eierkarton in den Händen, war er ein erfreulicher Anblick, der sich eins zu eins mit ihrer Schilderung deckte. Groß war er, der Rudi. Kräftig braune Haare hatte er, gelockt und in die Stirn fallend. Er lachte ohne ersichtlichen Grund, einfach so, weil er schon seit fünf Uhr auf den Beinen war, jawohl, mit dem Hahnenschrei, hatte Kühe gemolken, Eier eingesammelt, für uns alle, damit wir ein superfrisches Frühstücksei genießen können.

Dafür hatte Selma schon gesorgt. Wie immer stand das Körbchen mit gekochten Eiern auf dem Tisch.

»Leider kommen deine Eier heut zu spät, aber morgen sind sie auch noch frisch«, sagte sie zu Rudi und nahm ihm den Karton aus den Händen.

Lise sagte: »Wer immer du bist, setz dich her und trink Kaffee. Magst du Zucker, Milch?«

»Ach so«, sagte Rudi, »das hätte ich fast vergessen. Ich bin der Rudi vom Seumerhof und kenn die Nina, also erst seit kurzem.«

Er setzte sich unbefangen auf einen freien Stuhl. Lise goss Kaffee in eine Tasse, reichte sie Rudi.

»Erzähl doch mal«, sagte sie, »woher kennst du Nina, das ist ja spannend.«

Rudi erzählte das gern. Er erzählte, wie er Nina vor seiner Scheune angetroffen habe. Er habe sich gewundert, was es da abzuzeichnen gäbe, von einer Scheune, seiner Scheune. Ob er zusehen oder einen Blick drauf werfen dürfe, habe er gefragt. Ja klar, habe sie gesagt. Die Zeichnung habe ihm dann sehr gut gefallen, nie hätte er für möglich gehalten, dass jemand seine Scheune so anders sehen könne, als sie in Wirklichkeit ist, und trotzdem habe er sie sofort erkannt, wirklich sofort.

Wendelin kam. Rudis letzte Worte hatte er gehört.

»Rudi, mein Freund, ich danke dir. Du beschreibst das Wesen der Kunst soeben wie kein anderer vor dir, ein Satz den ich mir merken muss.«

Wendelin kannte Rudi, er kannte ihn schon lange, war gerne Gast auf seinen Hoffesten. Er packte Rudis Arm, zog ihn hoch und umarmte ihn.

»Du hast uns Eier gebracht, danke. Du kommst gerade recht zum Frühstück.«

Er setzte sich neben Rudi. Er zog seinen Pullover zurecht, der über seiner Schulter lag, und überflog mit hungrigen Augen das Frühstücksangebot. Er entschied sich für Leberwurst aus der Dose. Er strich sie auf eine dicke Brotscheibe, so, wie Mörtel auf einen Ziegelstein, kratzte Überstehendes ab und leckte sein Messer blank.

Veronique sah weg. Wendelins Angewohnheit, sein Messer abzuschlecken, danach mit demselben Messer

Butter oder Käse anzuschneiden, womöglich in den Honigtopf zu fahren, noch einmal in die Leberwurstdose, danach in ein Marmeladeglas, fand sie eklig. Sie hatte beim ersten Frühstück im Studienhaus Käsemesser, Buttermesser, Marmelade - und Honiglöffel ausgelegt und um einen zivilisierten Umgang mit den Lebensmitteln gebeten. Zwei Tage lang hatten die Regeln funktioniert, dann setzten sich lasche Sitten am Frühstückstisch durch. Butterschlieren durchzogen den Honig. Der Butterriegel selbst zeigte Marmeladeränder, auch Leberwurstspuren. Am Käse hing Eigelb von den hartgekochten, und niemand außer Veronique schien es zu stören. Sie hatte sich inzwischen eine Plastikbox besorgt, eigene Butter, Käse und Marmelade darin eingelagert, ihren Namen auf den Deckel der Box geschrieben. Das wurde akzeptiert, niemand lästerte. Jedem das Seine, sagten die Hygieneverweigerer.

Endlich kam Nina. Rudi war nur mit geteilter Aufmerksamkeit Wendelins Schilderung vom Ausflug ins Moor gefolgt. Er hatte dabei die Küchentür im Auge, hatte auf Schritte im Flur gehorcht. Als die Tür aufging, schaute er auf seinen Teller, mit pochendem Herz.

»Die Nina«, sagte Wendelin, und Rudi sah hoch, sah Nina. Er wäre gern aufgestanden, hätte sie begrüßt, doch die Gruppe am Tisch verunsicherte ihn, er wusste nicht, wie er sich verhalten sollte. Nina hatte ihn noch nicht einmal entdeckt und erschrak sichtlich, als Rudi die Hand hob: »Hallo Nina.«

Sie sagte: »Oh, was, wie.« Sie vergaß den Mund zu schließen. Ihr frischgewaschenes Haar glänzte wie Lackfolie im Morgenlicht, das in breiten Bahnen durch die Küchenfenster fiel. Nina versteckte ihre grünen Augen

hinter rasch gesenkten Lidern, nur ein schmaler Seh-
schlitz ermöglichte ihr die Sicht auf das Nächstliegende,
auf einen freien Stuhl neben Moritz. Sie schien von der
Sonne geblendet und durch die morgendliche Überraschung irritiert zu sein. Sie setzte sich, hob die Hand und
sagte: »Hallo Rudi.« Dann bat sie um die Kaffeekanne,
goss Kaffee in ihre große Tasse. Die hielt sie mit beiden
Händen, beugte sich über den Kaffee, als inhaliere sie ihn.

»Rudi hat Eier für uns gebracht«, sagte Selma. »Ta-
gesfrisch. Er hat den Hühnern beim Legen gut zuge-
sprochen, ein Hühnerflüsterer ist er, weiß, die Tiere zu
Höchstleistung anzuregen.«

»Oh, schön«, sagte Nina und warf über die Tasse hin-
weg einen Blick auf Rudi. Rudi strahlte sie an. Er strahlte
alle an, er fühlte sich jetzt wohl, das konnte Nina sehen.
Er lachte über Selmas Spaß, ihn als Hühnerflüsterer zu
bezeichnen, das Wort gefiel ihm, er sagte, das müsse er
sich unbedingt merken. Moritz wollte wissen, wie er mit
Hühnern rede, und Lise wollte nicht glauben, dass seine
Hühner ihn verstünden. Der Ausdruck dummes Huhn
wäre ja wohl nicht umsonst weit verbreitet.

Oskar wusste aus einer wissenschaftlichen Untersu-
chung, dass dummes Huhn absolut nicht zuträfe, dass
man den Hühnern damit nicht gerecht werde, denn es
wären überaus sensible Tiere, sehr schreckhaft, nervös.

»Das hat mit ihrem Umfeld zu tun, ihrem Schicksal
als Frauen, die in einem Harem leben und Leibeigene
eines einzigen männlichen Geschöpfes sind, dem Hahn.
Sie sind ihm unterworfen, er packt sie nach Lust und
Laune, tritt sie, jagt sie. Ich kenn den Ausdruck armes
Huhn. Ich glaube, das trifft es besser«, sagte Nora.

»Nein, nein«, widersprach Rudi, »das mit dem Hahn musst du anders sehen. Hühner sind sehr selbständige Wesen, zum Eierlegen brauchen sie keinen Hahn, nur zur Nachwuchszucht. Aber das Ei, das wir gerne essen, liefern sie in Eigenproduktion, ganz auf sich gestellt, ohne Beteiligung eines männlichen Helfers. Allerdings, in Legebatterien vegetierend, sind sie wirklich arme Hühner, da gebe ich dir recht. Da hätten sie allemal ein besseres Leben unter der Herrschaft eines Hahnes, der ihnen bei der Befruchtung gerne die Federn ausreißt. Wer weiß, vielleicht lieben die Hennen den groben Zugriff des Hahnes, das ist ein Stück Natur, die Legebatterie ist es nicht.«

Rudi kam in Fahrt. Er verteidigte die männliche Dominanz des Hahnes. Wer Ordnung in seinem Hühnerhof haben wolle, hielte einen Hahn. Er verlasse sich auf seinen Hahn, schon lange. Der sorge für ein ausgeglichenes Miteinander unter den Hennen, erweise sich als Streitschlichter, denn Hühner stritten sich um die kleinsten Körner, Krümel, um nahezu Unsichtbares, um alles und nichts. Sie hackten aufeinander herum, flatterten wild durch die Gegend, selbst nach einer Schlachtung liefen sie ohne Kopf noch einige Meter im Hof umher und gäben keine Ruhe.

»Ach«, sagte Lise, das wusste ich nicht, das mit den kopflosen Hühnern. Das ist ja grauenhaft. Allerdings, gehört habe ich den Ausspruch auch schon, durcheinander rennen wie kopflose Hühner.«

Sie sinnierte, sah etwas, ich vermutete, sie griff in Gedanken nach einer Idee, die ihr soeben in den Sinn gekommen war. Nina hörte zu. Es gefiel ihr, Rudi unter ihren Freunden zu erleben, mit persönlichem Abstand, wie

auf einer Theaterbühne, vor der sie in Ruhe entscheiden
konnte, ob ihr das Theaterstück und die Spieler zusagten
oder nicht. Rudi fand ihre Zustimmung. Er sprach freimütig, ungeniert und kompetent. Was er wusste, teilte
er gerne mit. Der Hahn beschütze die Hennen, fiel ihm
noch ein. Er schütze sie vor Eindringlingen wie Raubvö-
gel, scheuche sie bei Angriffen ins Hühnerhaus. Dass er
dabei fürchterlich krähe, müsse man in Kauf nehmen, das
alarmiere auch den Bauern, der im besten Fall zu Hilfe
eile, besonders wenn ein Fuchs ums Gehege schleiche.

»Ein Fuchs?«

»Ein Fuchs oder ein Wolf, na ja, oder was anderes,
Hühnerdiebe gibt es genug«, sagte Rudi.

»Selma, wirf mir doch mal eines deiner Eier rüber«,
bat Oskar. »Lasst uns vom theoretischen zum prakti-
schen Teil übergehen und schauen, was Hühner können.
Es sind zwar nicht die Eier von Rudis Hennen, aber Huhn
ist Huhn, da mach ich keinen Unterschied.«

Selma warf Eier, sie flogen zu Oskar, Malte und Moritz, Wendelin griff selbst in den Korb, stieß ihn ab, er
schlitterte über den Tisch, zu Nora und Lise, alle pellten
Eier. Nina ließ ihr geschältes im Teller hüpfen wie einen
kleinen Ball, hielt es sich an die Wange, küsste es. Rudi
sah das. Natürlich sah er das. Er sollte es sehen, es war
ein Zeichen, eine Botschaft. Er verstand. Er sagte:

»Am Samstag mach ich mein Hoffest wie jeden Som-
mer und lade euch alle dazu ein. Wendelin kennt das
schon. Es kommen noch andere Leute aus dem Dorf,
aber immer lade ich auch die Künstler ein, es würde
mich freuen euch zu sehen. Es gibt ein Büfett, die Marianne besorgt das Büfett, das solltet ihr euch nicht ent-

gehen lassen, die Marianne ist eine Büfettkünstlerin. Ich serviere eine heimische Spezialität, und Getränke gibt es nach Wahl, Wein, Bier, Wasser Saft, also, fehlt nur noch gutes Wetter, aber das werden wir haben, es sieht gut aus, wir werden das haben.«

Er schlug mit der flachen Hand auf den Tisch.

»Leute, ich muss los, die Arbeit ruft. Danke für den Kaffee und lasst euch zahlreich blicken.«

Er stand auf. Er klopfte Wendelin auf die Schulter, grüßte alle mit einem Rundumwinken und ging zur Tür. Nina stand auf.

»Rudi, warte mal, ich komm ein Stück mit.«

Rudi wartete. Er öffnete die Tür. Er hielt seinen Arm wie schützend an Ninas Rücken mit einer fast galanten Bewegung, in dezentem Abstand, er berührte ihn nicht. Ein Abgang wie in einem klassischen Theaterstück, bei dem in der Regel der Vorhang fällt. Der Liebhaber geleitet die Angebetete mit umsorgender Geste durch die Tür. Die Zuschauer klatschen Beifall.

Wir klatschten nicht. Wir sahen uns an. Lise sagte: »Nach was sieht das denn aus?«

»Wieso«, sagte ich, »sieht doch gut aus, ein junges Paar verlässt den Raum, Ende des ersten Aktes, mit Spannung erwarten wir den zweiten. Ist noch Kaffee da?«

Nina kam erst zum Abendessen zurück. Sie roch ziemlich streng nach Kuhstall, Heu und Vergorenem. Sie setzte sich an den Küchentisch, sagte nichts, wir fragten nicht. Bei unserer Abendrunde auf der Veranda saß sie im Lotussitz auf ihrem Polster und sagte, sie habe einen tiefen Blick in die Härte des Landlebens getan, habe dem Rudi geholfen den Kuhstall auszumisten, auch Käse stelle er her, kleine Handkäse, die triefende Rohmasse drücke man in Förmchen und stürze sie danach wie Sandkastenkuchen auf Holzbretter. Zwei Stunden lang habe sie Käse geformt, das sei nicht schwierig aber anstrengend, ihr Rücken schmerze. Sie nahm einen Schluck Bier aus der Flasche, stellte sie zwischen ihre überkreuzten Beine. Sie sagte, sie befände sich in einem echten Dilemma, denn die Arbeit auf einem Bauernhof interessiere sie nicht im Geringsten, der Rudi aber schon.

Veronique sagte es unverblümt: »Ein Bauer sucht immer eine Bäuerin, das muss dir klar sein, Nina. Frag einen Bauer was ihm wichtig ist, dann nennt er als erstes sein Land, die Äcker, dann den Hof, dann die Kühe, und wenn sie fleißig ist, folgt in der Rangordnung die Frau. Ich rate dir, pack deinen Zeichenblock und zieh los, nutze hier die Zeit für deine Arbeit, statt Käse zu kneten. Das kann jeder. Aber das, was du kannst, ist etwas ganz Besonderes.«

Selma sagte: »Setz dich statt vor Heustadel in den Schlossgarten und zeichne dort, der Garten ist für alle geöffnet. Vielleicht gibt es einen Grafensohn dem deine Zeichnungen gefallen, das wäre für deine Karriere die günstigere Beziehung.«

Nina verdrehte die Augen, trank Bier.

Ich empfahl ihr, wenn ihr der Rudi so wichtig ist, die Beziehung unbedingt auf Sparflamme zu halten. »Du bist eine Künstlerin und keine Bäuerin, das muss er akzeptieren. Wenn der Rudi eine Rangordnung hat, dann hast du auch eine. Erst kommt für dich die Kunst, dann lange nichts, dann viel Zeit, die du für deine Ideen brauchst. Ein Künstler arbeitet, auch wenn er gar nichts tut, auf einer Bank sitzt, oder im Gras liegt und in den Himmel starrt. Ein Partner kommt zuallerletzt, der, wie viele Beispiele von Künstlerehen zeigen, oft verlassen, weil als störend empfunden wird, oder geduldet als Model, Versorger, Koch, Köchin, als jemand der dem Künstler den Rücken frei hält für sein ruhmreiches Schaffen.«

Nina sah das alles auch so, wusste es, und trotzdem! Sie sagte: »Ihr habt wirklich recht, eure Argumente sind nicht zu widerlegen, das ist ja das schlimme. Ich steh in einer Käseküche, in einem Kuhstall, nur weil ich dem Rudi nahe sein will, eine Katastrophe ist das.«

Sie nuckelte an ihrer Bierflasche wie ein ratloses Kind.

Selma sagte: »Jetzt schlaf erst einmal drüber, und wenn du heute Nacht nicht von Rudi träumst, dann betrachte es als ein Zeichen, als Gottesurteil, als einen Wink von ganz oben, dass es noch ein anderes Leben für dich gibt als Rudis Hühner zu füttern.«

Selma begann ihren Zopf zu entflechten. Sie fuhr mit den Fingern durch ihr dichtes Rosshaar, entwirrte es mit Sorgfalt. Auf ihrer Haarfülle würde sie heute wieder schlafen wie in ein heimeliges Nest gebettet, sorglos, traumlos, tief.

Ich ging in dieser Nacht, als alle schliefen, noch einmal auf die Veranda. Wir hatten Vollmond. Auf dem See lag eine Silberdecke, träge schaukelnd wie eine Quecksilberschicht. Dunkle Scherenschnittbäume hoben sich von der glänzenden Fläche ab und verzauberten das Wasser in einen Bilderbuchtraum. Ich stand länger als ich wollte, blickte zu Riemers Villa hinüber. Im dunklen Fenster erschien eine Frau in einem karminroten Kleid.

Ihr Gesicht lag im Schatten, ein schwarzer Fleck, verschluckt vom schwarzen Hintergrund, doch das Kleid und die nackten Arme leuchteten im Mondlicht, das sie streifte. Sie hob einen Arm, den rechten, und bewegte ihre Hand wie zum Gruß sehr langsam hin und her. Sie grüßte wie Königinnen grüßen von den Balkonen ihrer Paläste, huldvoll, bemessen. Dann trat sie zurück, verschwand in der Dunkelheit des Zimmers.

Mein Herz raste. Ich setzte mich auf den Boden und lehnte mich gegen die Wand. Ich dachte an Ninas Yogaübungen. Ich zog die Beine an, legte den Kopf auf meine Knie, ließ meine Hände auf den Boden fallen, mit den Innenflächen zeigten sie nach oben. Man soll dabei nichts denken, ganz offen sein, Nina nannte das aufgetan. Man soll den Lebensstrom fließen lassen. Ich wollte nicht denken, wollte es fließen lassen, dann floss es, es floss aus mir heraus, ich weinte, verstand nicht, warum ich weinte, doch es ließ sich nicht aufhalten. Ich sagte Sandra und noch einmal Sandra, immer wieder, Sandra, Sandra, Sandra. Irgendwann wurde der Strom zum Rinnsal, tropfte, versiegte. Ich schlief im Sitzen ein.

Im Sitzen war ich eingeschlafen, in meinem Bett wachte ich auf. Wie ich darin gelandet war, wusste ich nicht. Nina hatte nicht von Rudi geträumt, Veronique dagegen von ihrem Pferd Ruben. Selma hatte besonders gut geschlafen und führte das auf die heilende Kraft des Mondes zurück. Komisch, sagte sie, andere schlafen bei Vollmond besonders schlecht, ich schlaf besonders gut. Sie stand als erste auf, riss sich ihr Nachthemd über den Kopf und wusch sich am Waschbecken. Sie sang *Always, always, always the sun*, einen Hit ihrer Lieblingsband, reckte im Takt dazu die Arme hoch und wusch sich unter den Achseln. Dann drehte sie ihre Haarpracht zu einem dicken Knoten im Nacken zurecht. Maillol hätte sie umgehend als Aktmodell beschäftigt, wäre er ihr jemals begegnet. Ihre üppigen, aber festen Formen hätten ihn zum Besten inspiriert, was er hätte erschaffen können, zu allem anderen hinzu, was er erschaffen hatte.

Nina röchelte unter ihrer Decke, als läge sie in den letzten Zügen. Das Gottesurteil zeigte keine erlösende Wirkung gegen Liebeskummer, den sie wie eine Krankheit auszubrüten schien. Veronique lag entspannt auf dem Rücken, die Augen geschlossen, aber selig lächelnd. Ruben, sagte sie, sei ein hochintelligentes Pferd, von ihm könnten manche Zweibeiner etwas lernen.

»An was erkennst du seine Intelligenz«, wollte ich wissen.

»Ganz einfach«, sagte Veronique und öffnete die Augen. Als habe sie eine beglückende Vision, starrte sie wie entrückt zur Decke.

»Ruben«, sagte sie zärtlich, »Ruben wittert meine Ankunft zu Hause bereits in den Tagen, bevor ich komme. Er liest das am Verhalten meiner Eltern ab, die mich erwarten. Er kann das fühlen, sehen, riechen, den Geruch meiner Eltern deuten, was weiß ich, wie er es macht. Niemals hat mich ein Freund so erwartet wie Ruben, ich bin sein Ein und Alles.« Sie seufzte.

Ich seufzte auch, aber unhörbar. Ich konnte jetzt im hellen Tageslicht nicht mehr glauben, was ich in der Nacht gesehen hatte. Eine Frau eindeutig, im roten Kleid, eine Frau, die mir gewunken hatte, eine Frau, Sandra. Ich fühlte mich zerschlagen. Ob ich Fieber hatte? Ich fasste an meine Stirn, sie war kühl wie ein feuchter kalter Waschlappen. Meine Augen waren stark verklebt. Hatte ich im Schlaf geweint?

»Sagt mal, habe ich heute Nacht geschnarcht oder so?«

Keine hatte einen Ton von mir gehört, keine hatte etwas Außergewöhnliches gesehen. Unbemerkt muss ich meine Matratze erklommen, meine Decke über mich ausgebreitet haben. Es störte mich, dass ich keine Erinnerung daran hatte. Ich blieb liegen, gönnte mir noch eine Viertelstunde Ruhe, dann noch eine. Nina saß auf der Matratzenkante und raufte sich die Haare.

»Ich spar mir heute das Haarewaschen«, sagte sie, »was solls.«

Ich sagte: »Eine gute Entscheidung, auf jeden Fall ein Anfang.«

»Ein Anfang von was«, fragte sie.

»Na, ein Anfang von einem Ende«, sagte ich.

»Meinst du?«

Sie stand auf, streckte ihre Arme nach hinten und verzahnte die Finger ineinander. Sie zog die Arme vom Rücken weg, soweit es ging, es knackte in ihren Schultergelenken. Dann ging sie duschen und wusch wie jeden Morgen ihre Haare.

In den kommenden Tagen wurde es plötzlich ruhig im Studienhaus. Es regnete. Im Atelier unterm Dach wurden Arbeitsplätze bezogen. Nora stand vor ihren drei grundierten Leinwänden und rang noch immer um einen Einfall. Lise saß am Werktisch und bemalte Schwemmholz, das sie am Seeufer gesammelt hatte.

»Mal sehen«, sagte sie.

Wendelin sagte: »Aha, die Zeit des kreativen Schaffens scheint angebrochen.«

Er fuhr mit Moritz ins nahegelegene Sägewerk, um Platten für dessen Holzschnitte zu besorgen. Malte und Oskar werkelten im Schuppen hinter dem Haus, mit Holz, Eisen und Bruchziegelsteinen. Der Schuppen, eine ehemalige Schlosserwerkstatt mit einer unschätzbaren Hinterlassenschaft an Schrotteisen, eine Fundgrube, die unsere Hochschule vor einigen Jahren zum Bestandbesitz dazu erworben hatte.

Die Gespräche am Frühstückstisch drehten sich ums Wetter, um den Speiseplan des Gasthauses Krone, um den Biervorrat. Die meisten waren mit einer Idee beschäftigt, die sie mittlerweile angedacht, entwickelt hatten. Man aß, trank Kaffee und war mit seinen Gedanken beim entstehenden Werk. Selma, deren Bein noch immer nicht abschwellen wollte, weigerte sich, Riemer aufzusuchen.

»Der kann mir nicht helfen, wenn er es gekonnt hätte, hätte er es sofort getan, ganz ehrlich, der kann mich mal, da hab ich besseres zu tun.«

Sie hatte ein sehr großes Bildformat gewählt. Selma konnte nur in Übergröße arbeiten, ihr Rahmen war wie immer zu groß für eine Staffelei, sie befestigte ihn direkt mit Schrauben an der Wand. Sie hatte Leinwand aufgezogen und ein geheimnisvolles Motiv skizziert. Im Augenblick war eine Art Felswand zu erkennen, graue Farbflächen durchzogen von dunklen Rillen, vertikal, horizontal. Selma sagte, das sei jetzt mal der Einstieg in eine neue Dimension, und sie ließe das langsam wachsen, ließe sich selbst vom Werdegang überraschen.

Veronique hatte wieder ihre Modelliermasse aus dem
Plastiksack geholt und formte statt zehn kleiner Zweibeiner eine einzige Figur, vierzig Zentimeter hoch. Ein Ko-
loss mit kleinem Kugelkopf, ohne Augen, ohne Mund,
nur eine kegelförmige Nase markierte seine Vorderseite.
Der Rumpf glich einem Weinfass auf Säulenbeinen, keine Arme, weder Mann noch Frau. Ich fragte mich, ob sie
inzwischen bei Bäcker Bieri Kaffee getrunken hatte, oder
ob sie einer Fantasiefigur den Vorzug gab. Ich behielt
meine Überlegungen für mich, denn in der sensiblen
Entwicklungsphase der Werke galt das ungeschriebene
Gesetz: es werden keine Fragen gestellt, es wird nicht
über entstehendes diskutiert, kein Strich, kein Klumpen
Ton, kein Schnitt im Holz wird kommentiert. Jeder ist
mit seiner Arbeit allein als Einzelkämpfer, idealerweise
als Gestrandeter, der Neuland betritt. Die meisten Stipendiaten versuchen ihr bisher Geschaffenes zu vergessen, eine andere Ebene zu erreichen. Das war schwierig,
es gelang nicht jedem.

Nina war weiterhin mit ihrem Skizzenbuch unterwegs. Wo und was sie zeichnete, war ihr Geheimnis. Sie
ging nach dem Frühstück los, auch bei Regen, dann in
einen wasserdichten Kapuzenmantel gehüllt. Unter dessen zeltartiger Ausladung versteckte sie eine geräumige
Umhängetasche mit verschiedenen Stiften, ihrem Buch
und einer Trinkflasche. Ein winziges Klappstühlchen
hing an einem Lederriemen über ihrer Schulter. Sie ging
in Gummistiefeln, rot wie der Mantel, wer ihr begegne-
te, sah ihr nach, als habe er soeben einen Feuerkobold
oder einen glühenden Waldgeist gesehen. Nina gefiel
ihr Auftritt. Sie genoss ihn. Mit Absicht ging sie langsam,

leicht gebeugt, die Kapuze, groß wie eine Baggerschaufel, verdeckte Stirn und Augen. Von Rudi sprach sie nie, wir fragten nicht. Doch sie wusste, bevor Wendelin, bevor wir es erfuhren, dass Rudi des schlechten Wetters wegen, sein Hoffest um eine Woche verschieben würde.

Ich hatte mir eine Staffelei reserviert, mich in die hinterste Ecke des Ateliers einquartiert und mit einem Bild begonnen, 60 x 100 cm groß. Ich malte zunächst einen Fensterrahmen, skizzierte in diesen mit schnellem Strich die Umrisse einer Figur, trug im Hintergrund schwarze Farbe auf und erhielt dadurch eine Hohlform, einen Leermenschen. Den Leermenschen überzog ich mit dünnen schwarzen Strichen, drängte ihn damit in den Hintergrund. Sichtbar blieb ein menschliches Etwas hinter einem Netz aus Linien, ein grobmaschiges Gewebe, ein Gitter vielleicht. Die Skizze gelang mir sehr schnell. Ich setzte mich auf meinen Hocker, verschränkte die Arme. Da war es, mein Nachtschattenwesen. Zum ersten Mal hatte ich ihm Gestalt gegeben.

In den folgenden Tagen malte ich weitere Bilder, weitere Leermenschen hinter Gittern und Netzen, konnte nichts anderes malen, ich konnte nicht damit aufhören. Am vierten Tag meines Schaffensrausches drang das Gerücht ins Studienhaus, dass die Frau des Arztes verschwunden sei. Zum Frühstück brachte Wendelin die Nachricht. Genaueres wusste er nicht, aber er hatte eine Polizeistreife vor der Tür zu Riemers Praxis gesehen. Es schien ernst zu sein.

Selma beschloss, endlich bei Metzger Reichle Wurst zu kaufen, für den geplanten Wurstsalat. Sie sagte, Wurstsalat könne man auch bei Regen essen, im Haus, unterm

Dach, im Trockenen, er ersetze uns das Hoffest, auf das
sie sich gefreut hatte. Sie wolle bei Reichle auch den Dau-
men an den Puls der Dorfgemeinschaft legen, der in der
Metzgerei bestimmt besonders kräftig schlage und gut
zu spüren sei. Dort erfahre sie vielleicht Näheres über das
Verschwinden der lichtscheuen Arztgattin. Veronique
wollte sie begleiten, einen Blick auf die Metzgersgattin
werfen, die sagenhafte Häppchenkünstlerin. Sie hoffte, in
ihr ein lebendes Abbild ihrer Fantasiefigur zu finden.

»Also«, sagte Selma, »ab zwölf Uhr gibt es heute
Wurstsalat für alle. Wer kommt, ist eingeladen, wer nicht
verhindert ist, hat Glück, wer zu spät kommt hat Pech,
denn ich sage euch, mein Wurstsalat ist einzigartig.«

Sofort nach dem Frühstück setzte Selma ihren Rucksack auf und ging mit Veronique zur Metzgerei. Vor
Riemers Villa stand noch immer ein Streifenwagen. Sie
gingen langsam in der Hoffnung, irgendein Anzeichen
des Dramas zu entdecken, das sich in der alten Villa womöglich abgespielt hatte.

Im Oberstock brannte Licht. Zum ersten Mal brannte
dort Licht.

»Schau mal«, sagte Veronique, »da oben ist es hell.«

Sie blieben stehen, überlegten, horchten, aber kein Ton
drang durch die rundum geschlossenen Fenster. Dafür lagen die Praxisräume im Dunkeln. Die leuchtenden Farben
der Buntglasfenster zeigten eine trübe, matte Tönung, als
wären sie in den Kernschatten des Mondes geraten.

»Das sieht nicht gut aus«, sagte Selma.

»Nein, tut es nicht«, sagte Veronique.

Die Metzgerei Reichle lag am Ende der Dorfstraße,
gegenüber der Kirche. Etwa zehn Kunden standen vor

der Fleisch- und Wursttheke, als Selma und Veronique eintraten.

»Guten Morgen«, sagte Selma.

Die Leute drehten sich nach den beiden um, einige runzelten die Stirn, als empfänden sie die Anwesenheit der beiden Fremden als eine unerwartete Störung. Hinter der Wursttheke reckte eine jugendlich wirkende Frau mit hochgestecktem Blondhaar den Kopf und grüßte.

»Guten Morgen.«

Metzger Reichle hob mit einer langen Zweizinkengabel fertig zugeschnittene Schnitzel auf die Waage. »Das sind jetzt achthundertzwanzig Gramm«, sagte er zu einer Frau, die kein Interesse an ihren Schnitzeln zeigte, sich dafür mit einer Bekannten unterhielt, die dicht bei ihr stand.

»Darf ich es so lassen, oder kommt noch ein Schnitzel dazu?«

»Legen sie noch eines auf«, sagte die Frau und konzentrierte sich jetzt auf ihren Einkauf. Sie sagte: »Rosi, wir reden heute Nachmittag weiter, vielleicht gibt es bis dahin Neuigkeiten, keiner weiß ja momentan etwas Genaues.«

Sie wünschte noch sechs Hähnchenbrüste ohne Haut, zwei Schweinefilets, ein großes Bratenstück vom Rind, Schulter bitte, Markknochen. Metzger Reichle fasste mit behandschuhter Chirurgenhand in eine Edelstahlwanne und ließ Markknochen in eine Klarsichttüte fallen. Siebenhundertvierzig Gramm, sagte er mit Blick auf die Waage.

»Das wäre dann alles«, sagte die Frau und flüsterte danach Ihrer Bekannten Rosi etwas ins Ohr. Rosi nickte

mehrmals, bedächtig, sie sprach sehr laut und zum Mit-
hören:

»Von nichts kommt nichts.«

Drei weitere Frauen betraten die Metzgerei. Sie stellten
sich dicht zu den anderen. Freimütig sagte eine von ihnen:

»Marianne, habt ihr es schon gehört, die Sandra hat
die Fliege gemacht.«

Die Frau, die Marianne hieß, hob den Kopf. Sie hatte
eine Wurstauswahl auf die Waage gelegt, zwei Scheiben
Salami wieder entfernt. Die Kundin hatte exakt dreihun-
dert Gramm Gemischtes bestellt. Die Frau, die Marianne hieß, hatte weder Arme wie ein Gewichtheber noch
einen wohlgenährten Leib, über dem eine Kittelschürze
spannte. Sie entsprach in keiner Weise Veroniques Vorstellung von einer Fleischerin, einer Schlachterin, einer
Metzgersgattin. Marianne war zierlich, sehr schlank,
trug T-Shirt und Jeans, kleine Goldsternchen glänzten
an ihren Ohren. Veronique sah, dass sie schön war, eine
schöne Frau hinter einer Wursttheke. Ihre Nase war
nicht gerötet, ihre Hände nicht blau von der Kälte des
leise summenden Kühlaggregats, das im Verkaufstresen
für frische Fleisch und Wurstwaren sorgte. Marianne
schob die Wurstauswahl in eine Papiertüte und heftete
den Kassenzettel mit einer Klammerzange an die Tüte,
reichte sie der Kundin. Erst jetzt nahm sie sich Zeit, die
Nachricht zu kommentieren.

»Gehört habe ich es, aber niemand weiß, ob es stimmt,
und was wirklich vorgefallen ist.«

Jetzt kam Bewegung in die Kundenversammlung.

»Immerhin, vor der Praxistür steht seit Stunden ein
Streifenwagen, ich bin schon mehrmals dran vorbei-

gegangen«, sagte ein älterer Mann. Er hieß Erwin.

Jemand sagte: »Erwin, weißt du vielleicht neues von der Sandra, so allgemein als Polizist?«

Erwin wehrte bescheiden ab.

»Gewesener«, korrigierte er, »Gott sei Dank Gewesener.«

Der gewesene Polizist versprach, sich aber umzuhören, er habe noch gute Beziehungen zur Ortspolizei, sagte er, glaubte er. An seiner linken Hand baumelte eine leere Nesseltasche mit einem Werbeaufdruck für Sonnenmilch. Eine große orangefarbene Flasche leuchtete auf azurblauem Grund, dazu ein Schriftzug, gelb, Sunsi schützt nachhaltig ohne zu fetten. Veronique stellte sich Erwin in Badehose am Seeufer vor, in einem Campingstühlchen sitzend. Er drückt Sonnenmilch aus einer orangefarbenen Sunsiflasche, die das nicht ohne Schnorchelgeräusch mit sich machen lässt. Weiße Rinnsale laufen über seine bleichen Arme. Er reibt sich das schützende Produkt gewissenhaft in die Haut, schaut dabei auf den See, er sagt, Gott sei Dank, Gewesener.

Veronique lachte, Selma sagte: »Warum lachst du?«

»Einfach so«, sagte Veronique und konnte nicht aufhören zu lachen. Einige Leute drehten sich nach ihr um, schüttelten den Kopf, und Veronique verließ den Verkaufsraum, fluchtartig. Sie lachte vor der Ladentür weiter, lachte und wusste nicht mehr über was. Sie ging rüber zur Kirche und setzte sich auf eine Bank. Zur Erholung. Sie lachte immer noch.

In der Metzgerei ging es langsam voran. Die Frauen prüften das Wurstangebot, ließen sich von Marianne beraten, von Reichle das Tagesangebot zeigen.

»Walter, was kannst du heute empfehlen?«

Walter spießte eine Kalbshaxe auf seine Gabel, hielt sie für alle gut sichtbar in die Höhe und pries ihr zartes Fleisch, auch den günstigen Tagespreis. Eine Frau neben Selma sagte:

»Ich komme gerade vom Doktor, das heißt, ich hatte eigentlich für heute einen Termin, aber die Praxis war geschlossen und ein Streifenwagen stand vor der Tür. Weiß jemand was los ist, ich brauche dringend ein Rezept.«

Marianne informierte nun ihre Kundschaft in einer kurzen Rede. Sie fand das jetzt angemessen. Unwissenheit und zu viele Fragen erzeugen wilde Gerüchte, dem wollte sie vorbeugen.

»Hört mal Leute«, sagte sie, »die Sandra wird seit gestern vermisst. Riemer hat bei uns angerufen und gefragt, ob die Sandra vielleicht mit uns telefoniert habe, uns in einen Plan eingeweiht habe, aber wir mussten ihn enttäuschen, wir wissen nicht, wo sie steckt. Der Doktor macht sich große Sorgen, deshalb hat er sofort die Polizei informiert. Die suchten am Nachmittag bereits das Seeufer ab, fanden aber nichts, keinen Hinweis auf seine Frau. Heute wird das Haus durchsucht, deshalb ist die Praxis geschlossen. Mehr wissen wir nicht. Das was wir wissen, geben wir gerne weiter. Vielleicht halten wir alle miteinander unsere Augen auf, sehen etwas, finden etwas. Die Sandra ist lichtblind und kann nicht sehr weit kommen. So, das wars, und bei wem geht es jetzt weiter, was darf es denn sein?«

Die Kundschaft zeigte sich von Mariannes Rede beeindruckt. Gerne wolle man auf Spaziergängen auf Spuren achten, auch umhören wollten sich viele. Selma

hatte den Eindruck, dass in mancher Brust ein Krimina-
listenherz zu schlagen begann, von dem die Eigner nicht
gewusst hatten, dass sie ein solches besaßen. Spaziergän-
ge am See, im Wald, mit Spürnase und Suchauftrag, das
kam an, da war man dabei, das war jetzt doch mal etwas
anderes, als nur so vor sich hin zu wandern. Spazieren
ging man sowieso, also konnte man auch Ausschau halten. Selma fand Mariannes Rede klug. Sie rückte soeben
in die vorderste Reihe an der Wursttheke auf und konnte die Metzgersgattin in Ruhe betrachten. Wasserblaue
Augen im schmalen Gesicht, eine sehr helle Haut, Sommersprossen auf Nase und hoher Stirn, das blonde Haar
zu einem Knoten aufgesteckt. Viel Schönheit hinter der
Wurstauslage. Selma sah Marianne unentwegt an. Dann
sahen die blauen Augen Selma an.

»Was darf ich Ihnen geben?«

Marianne schnitt Kalbfleischwurst an der Maschine,
zwei gute Kilo, das dauerte.

»Sie machen Wurstsalat, richtig?«

Selma sagte: »Ja genau, wir sind zehn Personen, ob
die Menge reicht, was meinen Sie?«

»Das reicht bestimmt, vor allem, wenn sie noch Gur-
kenscheibchen und Käse daruntermischen. Aber ich
schneide Ihnen das Endstück gratis dazu. Sie sind vom
Studienhaus, oder?«

Selma lachte. »Sieht man das?«

»Das seh ich immer«, sagte Marianne und hob mit
beiden Händen das Papier mit dem Wurstberg auf die
Waage. Sie tütete ein und übergab Selma ein pralles Paket. Sie beugte sich dabei etwas vor, sagte: »Sie wohnen
nebenan. Ist Ihnen vielleicht irgendetwas aufgefallen, in

der Nacht zuvor oder sonst, die Polizei sucht Leute, die etwas beobachtet oder gehört haben. Das möchte ich Ihnen sagen, Sie sollten es wissen.«

Sie nahm eine dicke Salamiwurst und steckte sie in eine Extratüte.

»Für Euch alle im Haus, lasst es Euch schmecken.«

Marianne wandte sich an die nächste Kundin, Selma ging zur Tür.

»Und Zwiebeln nicht vergessen«, rief Marianne. Selma sagte: »Alles klar.«

Veronique saß noch immer auf der Bank bei der Kirche. Sie hatte sich beruhigt, das Lachen war ihr inzwischen vergangen. Als Selma aus der Tür kam, stand sie auf und ging ihr entgegen.

»Was Neues vom Doktor«? fragte Veronique. »Die Reichles wissen nicht viel, nur dass die Sandra seit gestern vermisst wird. Wir sollen alle die Augen aufhalten, bat die Marianne.«

»Die hat mich schwer enttäuscht«, sagte Veronique. »Wie kann man nur so schön sein und Wurst verkaufen, das passt nicht zusammen, und der Reichle ist auch nicht gerade ein Adonis mit seinem Neandertalerprofil. Ich frage mich, was Frauen in die Arme grobgestalteter Männer treibt und in die Kältegrade einer Metzgerei. Das kann doch kein Lebensglück sein, nichts, wovon Frauen träumen. Kannst du dir vorstellen, eine junge Frau, ein Mädchen würde sagen, ich wünsche mir einen Metzger mit einer florierenden Metzgerei?«

Selma sagte: »Denk doch an Nina mit dem Rudi. Ich fürchte, sie nimmt den Bauernhof in Kauf, um den Rudi zu bekommen.«

»Also, dann ist es halt wieder einmal die Liebe, dieses trügerische Monster, das einen fix und fertig macht, Lebenspläne durchkreuzt, Träume zerstört, zu Dienstleistern degradiert, Wurst verkaufen lässt, obwohl man vielleicht von einem Archäologie- oder Jurastudium geträumt hatte. Selma, wir müssen aufpassen, höllisch müssen wir aufpassen, dass wir unsere Fährte nicht verlieren, in der Spur bleiben, jetzt, wo wir so weit gekommen sind«, erregte sich Veronique erstaunlicherweise.

Selma blieb stehen.

»Was ist los, die Töne hör ich zum ersten Mal von dir, klingt gerade so, als wärst du soeben einer Geiselnahme entkommen. Außerdem, der Metzger ist in meinen Augen durchaus attraktiv, seine Augenbrauen sehr schwarz, sehr buschig, was ein bisschen wild wirkt, ein Schlachter halt, der Blut an den Händen hat, der Knochen zersägt. Vielleicht hat sich die Marianne genau in das Wilde verliebt, in diese Brauen, in sein kräftiges Kinn, und er war von ihrer nordisch feenhaften, quellklaren Ausstrahlung fasziniert. Du liebst deinen Ruben, ein Pferd, wo ist der Unterschied, das Pferd liebt dich, wieso, warum, es ist und bleibt ein Rätsel, das mit der Anziehung, ganz einfach ist das.«

Sie lachten beide, und Veronique sagte: »Und du hast dich gleich mit zwei Typen in der Schlucht eingelassen, wieso, warum, auch ein Rätsel, ein ungelöstes.«

»Das soll es auch bleiben«, sagte Selma, »aber eines kann ich dir verraten, die Fährte nicht zu verlieren, in meiner Spur zu bleiben, ist eine meiner größten Sorgen. Das solltest du längst wissen.«

»Du hast also nicht?«, fragte Veronique.

Selma grinste vieldeutig.

»Ich weiß es nicht mehr. Unwichtiges vergesse ich immer sehr schnell, eine glückliche Veranlagung, die hab ich von meinem Vater, der war auch so einer. Leichtfüßig ging der durchs Leben, leider nicht lang genug.«

Selma schwenkte ihren kleinen Rucksack, den sie wie eine Tasche in der Hand trug.

»Wir brauchen noch eine Gurke, Zwiebeln und Emmentaler-Käse, Empfehlung von Marianne Reichle, die weiß, wie es geht.«

Zu Mittag kamen alle. Eine große Schüssel mit Wurstsalat stand auf dem Tisch. Nina hatte Brezeln bei Bäcker Bieri besorgt, die Bäckerin Elfi leider nicht gesehen, was sie bedauerte. Das Gespräch drehte sich um Sandra, die Vermisste. Selma gab die Bitte der Metzgersgattin an die Tischrunde weiter.

»Freilich, wir suchen gerne mit«, versprachen die meisten. Kein Problem sei das, allerdings arbeite man gerade jetzt vor allem im Haus und habe wenig Gelegenheit, durchs Unterholz zu schleichen. Aber am Abend könne man gerne auf Suche gehen oder in die Krone auf ein Bier. In Krimis säßen die Ermittler durchaus am Wirtshaustisch auf Lauschtour oder hingen an einer Bar, undercover selbstverständlich.

Wendelin erzählte, was er über Sandra wusste. Es war nicht viel. Sehr schön sei sie, sage man im Dorf und zwanzig Jahre jünger als der Doktor. Der habe sie geliebt, verwöhnt, habe immer wieder große Reisen mit ihr gemacht, dafür einen Vertreter in die Praxis geholt, einen jungen Arzt. Mit dem habe die Sandra eine Affäre gehabt, und der Doktor habe den Kollegen rausgeworfen.

Danach hätte es keine Reisen mehr gegeben, und die Sandra sei sowieso krank geworden. Eine schwere Lichtallergie habe sie, müsse im Dunkeln leben, man habe sie nicht mehr gesehen. Einmal, sagte Wendelin, habe Riemer ihm ein kleines Bild gezeigt.

»Ich war wegen eines Hexenschusses bei ihm, er gab mir eine Spritze, die sofort half. Ich war sein letzter Patient an diesem Tag, und er bat mich mitzukommen. Er wolle mir etwas zeigen, mir, dem Fachmann. Wir gingen in einen privaten Raum, sehr edel eingerichtet, dunkles Mobiliar, soweit ich mich erinnere, und an einer schmalen Wand zwischen zwei Fenstern hing ein kleines Bild. Ich sag euch was, der Riemer besitzt einen echten Caspar David Friedrich. Ein Pferd steht auf einer Anhöhe und schaut in ein Tal. Ein bescheidenes Motiv würde ich sagen, aber von Meisterhand gemalt, und vor allem, von Meisterhand signiert. Riemer platzte fast vor Stolz über seinen Besitz.«

Wendelin nahm eine zweite Portion Wurstsalat, die Schüssel machte noch einmal die Runde. Es herrschte absolute Einigkeit darüber, dass es sich hier um den besten Wurstsalat handele, den man jemals gegessen habe. Kein Wursträdchen blieb übrig, keine Brezel. Zuletzt legte Selma die Salami auf den Tisch mit Gruß von Marianne, ein scharfes Messer dazu. Auch die Salami wurde in kürzester Zeit Opfer einer gierigen Künstlergilde, die ihren aufreibenden Schaffensprozess, ihre kräftezehrende Unruhe durch befriedigende Nahrungsaufnahme auszugleichen suchte.

»Sie sind wie Hunde, halte ihnen einen Happen hin, sie fressen immer«, sagte Selma. Sie zählte sich selbst dazu, sie wusste, von was sie sprach.

Wir Kirschendiebinnen sahen uns an. Ohne Absprache hielten wir es für richtig, über unseren Abend bei Riemer zu schweigen. Seltsam. Vielleicht fürchteten wir uns vor Unbequemlichkeiten im Zusammenhang mit Sandras Verschwinden, vielleicht hätte die Polizei ein gewisses Interesse an einer Aussage, würde sich für Riemers Geschichten interessieren, die er uns aufgetischt hatte. Man würde uns fragen, ob wir etwas gesehen, gehört hätten, Geräusche im Oberstock, auf der Treppe, auch wenn sie uns unwichtig erschienen wären. Wir schwiegen, schwiegen auch weiterhin, redeten auch untereinander nicht mehr über unser Erlebnis in der alten Villa. Ich sprach auch nicht über meine nächtlichen Begegnungen mit einer Schattengestalt. Wir versuchten, die Aufregung um Sandra zu ignorieren, die Villa ebenso, und beteiligten uns nicht an abendlichen Suchaktionen, die nach kürzester Zeit im Gasthof Krone endeten. Oskar und Moritz gingen einige Male auf Streife, gingen bis zur Jungfrauenschlucht, am Seeufer zurück ins Dorf. Sie setzten sich zur Sucherrunde in der Krone, tranken Bier wie die anderen und erfuhren nichts Neues, außer dass man die ganze Geschichte schon längst hatte kommen sehen. Das mit dem Doktor und der Sandra hätte ja nicht gut gehen können, bei diesem Altersunterschied, hörten sie jedes Mal, und jedes Mal spendierte der Krone-Wirt eine Runde Schnaps für die tüchtigen Helfer.

In den nächsten Tagen gingen Polizisten mit Hunden durch die nahen Wälder, fuhren mit einem Polizeiboot kreuz und quer über den See. Taucher sprangen in die Tiefe, sie fanden nichts. Eine Klettergruppe durchstieg die Jungfrauenschlucht nicht nur auf dem ausgeschilderten Weg. Die Durchsuchung der Villa hatte keinen Hinweis auf Sandras Verbleib erbracht, nichts deutete auf eine Flucht, ein absichtliches Verlassen ihres Mannes, ihres Heimes hin. Nicht die geringste Spur einer Gewalttat ließ sich ausmachen. Riemer öffnete seine Praxis, die Patienten kamen, sie stellten keine Fragen, klagten wie immer über ihre Beschwerden.

Ich malte erneut Schattenmenschen, die Körper verdunkelt, einzelne Teile wie in einem schwachen Licht hervorgehoben. Auf meinem aktuellen Bild erahnte man Arme, das Gesicht lag im Dunkeln. Ich malte eine ganze Serie von Schattenwesen. Mal zeigte ich eine Hand, mal den Hals, mal einen Fuß. Nie ein Gesicht. Irgendwann verzichtete ich auf den Fensterrahmen, setzte meine Gestalten haltlos in die schwarze Fläche. Wendelin besuchte das Atelier. Er blieb bei mir stehen, er sagte kein Wort. Plötzlich legte er seine Hand an meinen Arm, drückte ihn.

Veronique formte weitere Zweibeiner, keinem Geschlecht zuzuordnen. Armlose Tonnen auf Säulenbeinen, Schädel wie Kohlköpfe, Kegelnasen die immer länger wurden.

Selma verlor sich in ihrer Riesenfelswand. Sie malte grau in grau. Sandgrau, schiefergrau, anthrazitgrau, blaugrau, bleigrau, stahlgrau, ein Mosaik aus Rechtecken, Dreiecken, scharf Gezacktem. Sie zog Linien, breite, schmale, fadendünne, übermalte sie, zog sie erneut einige Zentimeter entfernt von der alten Spur. Sie ging auf Abstand, kniff die Augen zu, dann wischte sie mit einem Lappen über nicht akzeptable Stellen, begann von neuem. Sie rang mit ihrer Felswand, verstieg sich in ihr, suchte nach Einstieg, Durchstieg und Ausweg. Ich fragte mich, ob ihr Bild jemals fertig sein würde.

Nina dokumentierte das Dorfleben mit ihrem Zeichenstift, war überall gern gesehen. Sie saß bei Bäcker Bieri in der hinteren Ecke am Bistrotisch, zeichnete Elfi, ihren Mann Alois, bekam Kaffee und Kuchen spendiert. Ob sich in der alten Villa etwas verändert habe, ob sie den Doktor gesehen habe, wollte Elfi von ihr wissen. Also, da sei alles wie immer, und der Doktor arbeite bis spät am Abend, sagte Nina zu Elfis deutlicher Enttäuschung. Elfi sagte »Ach, der arme Mann.« Sie zeichnete Marianne hinter der Wursttheke, ihren Mann Walter an der Fleischmaschine. Hackfleisch quoll wie ein dicker Lavastrom aus einem übervollen Schlund. Walter servierte zum Dank warmen Leberkäse mit Senf, Marianne legte ein Brötchen dazu. Was Nina sonst so trieb, blieb ihr Geheimnis, sie deutete aber an, dass Rudi sein Hoffest wahrscheinlich am kommenden Sonntag steigen ließe.

Da stieg es dann auch, bei schönstem Wetter. Rudi hatte im weitläufigen Hof Biertische aufgestellt und bunte Lichterketten in eine Kastanie gehängt. Kleine Solarschweinchen, Sonnenenergie tankend, tummelten sich auf den Tischen, in Blumentrögen, oder auf den dicken Pfosten des Lattenzaunes. Sie sollten bei Einbruch der Dämmerung rosarot leuchten und für gute Stimmung sorgen. Das war ihre Aufgabe. Gefasst und erwartungsvoll harrten sie auf ihren Einsatz. Rudi hatte für die Gäste des Studienhauses einen Tisch reserviert. Auf einer großen Klappkarte stand in Handschrift: Künstlertisch. Wir kamen gemeinsam, ohne Nina, sie war schon seit dem Morgen auf dem Seumerhof.

»Ich denke, ich geh jetzt mal dem Rudi ein bisschen zur Hand«, hatte sie beim Frühstück angekündigt, »wir sehen uns alle später, es bleibt doch dabei, oder?«

»Was glaubst du denn, auf was wir uns seit Tagen freuen«, hatte Moritz gesagt, und die anderen hatten übertrieben begeistert zugestimmt.

»Nichts kann uns abhalten zu kommen«, hatte Malte versprochen und die rechte Hand zum Schwur erhoben, und Oskar hatte es nicht lassen können.

»Aber bitte Nina, geh ihm nur zur Hand.«

Sie hat es nicht mehr gehört.

Wir gingen als geschlossene Gruppe zum Seumerhof, kamen etwas verspätet an, die Tische waren bereits gut besetzt. Ich sah mich um, sah in fremde Gesichter, wenige Leute kannte ich vom Sehen, einige waren mir bekannt, wie der Metzger und Bäcker Bieri. Sie saßen sich gegenüber und ließen sich von ihren Ehefrauen bedienen. Marianne Reichle versorgte ihren Mann mit Kaffee und Kuchen, Elfi reichte ihrem Alois ein Schinkenbrot mit Salatgarnitur. Ein großes Büfett war vor der Hauswand angerichtet. Rudi hatte mehrere Tische aneinandergereiht, mit rot-grün karierten Tüchern abgedeckt, einen Sonnenblumenstrauß auf jeden Tisch gestellt. Sonnenblumen zwischen Wurst- und Käseplatten, Tellersülze und Blechkuchen, Torten und Hefeschnecken. Zwei Kaffeemaschinen brodelten einen verheißungsvollen Sound.

Die Haustür stand offen. Rudi ging ein und aus, sorgte für Getränkenachschub, Wein, Wasser, Bier, Saft. Er sah uns, er winkte, deutete auf den reservierten Künstlertisch.

»Setzt euch, ich komm gleich zu euch rüber, rief er, und einige Besucher unterbrachen ihre Gespräche, drehten sich, wenn nötig nach uns um, betrachteten uns ausdauernd und ungeniert.

Von Nina keine Spur. Weitere Gäste trafen ein. Rudi, soeben auf dem Weg zu unserem Tisch, schlug plötzlich einen Haken, bog ab und begrüßte einen älteren Herrn in Trachtenhemd und Lederweste, eine Dame im Dirndl. Ein junger Mann, in knielanger Lederhose und sandfarbenem Leinenhemd begleitete das Paar. Das Interesse an unserem Tisch erlosch schlagartig. Die Leute drehten die Köpfe nach den traditionell gekleideten Gästen. Rudi begrüßte das Trio.

»Schön, dass ihr gekommen seid.« Er begleitete die Drei zum Tisch, an dem die Reichles mit Bäcker Alois und Elfi Bieri saßen. Der ältere Herr im Trachtenhemd begrüßte die beiden Frauen mit Handkuss. Die Leute an den Tischen klatschten, der Mann winkte in die Festrunde, dann setzte er sich. Die Grafenfamilie sei angekommen, verriet uns Rudi, der endlich den Weg zu uns gefunden hatte. Ein bisschen stolz klang sie schon, seine Stimme, er konnte das nicht verbergen.

Eine junge Frau fiel uns auf. Sie stand abseits der Tische. Sie lehnte am Lattenzaun und spielt mit einem Solarschweinchen, das sie vom Pfosten genommen hatte. Die Frau trug ein grünes Kleid. Nora nannte es grasgrün, Lise giftgrün, Veronique sagte, es glänze wie billige Faschingsseide. Es war tief ausgeschnitten, lag eng an ihrem mageren Körper an. Die Haare der Frau waren sehr lang und strähnig und lagen, von einem Ohr zum anderen über den Nacken gebürstet, wie ein Pferdeschweif auf ihrer linken Schulter. Die Frau stand am Zaun, als warte sie auf ein Zeichen, oder auf jemand, der sie abholen würde. Aber nichts geschah. Sie drehte das Schweinchen in ihren Händen, warf es hoch, fing es auf. Ihre Fingernägel waren grün lackiert, grasgrün, giftgrün. Endlich ging Rudi zu ihr. Man konnte nicht verstehen, was er mit ihr besprach. Sie war aufgeregt, schüttelte immer wieder den Kopf. Er schien sie beruhigen zu wollen, doch je mehr er auf sie einredete, umso heftiger wehrte sie sich, schlug nach seiner Hand, als er ihren Arm ergreifen wollte. Endlich gelang es Rudi, die Frau wegzuführen. Er ließ ihr das Schweinchen, das sie an sich drückte, ging mit ihr am Zaun entlang hinter das Haus. Wir sahen, dass er fürsorglich seinen Arm um ihre Schulter legte, sie stützte. Kurz darauf kam Nina aus dem Haus und setzte sich zu uns an den Tisch.

Sie sagte: »Ist sie weg?«

»Was war denn das«, sagte Selma. Wendelin balancierte auf einem Tablett mehrere randvoll befüllte Kaffeetassen, dickwandige große Tassen, Stapelware, eine Leihgabe des Gasthofs. Er stellte seine Ladung auf den Tisch, sagte »bedient euch bitte.« Er sah sich um.

»Habt ihr die Frau im grünen Kleid gesehen? Der Rudi hatte ganz schön mit ihr zu tun, das sah nicht gut aus, gar nicht gut.«

Nina seufzte. »Tja, hätte ich auch nicht gedacht. Seine ehemalige Freundin, das heißt, seit einer Woche abservierte Freundin, macht ihm zu schaffen. Sie randalierte bereits im Haus, sie wollte nicht gehen, obwohl Rudi sie immer wieder darum bat. Sie will nicht glauben, dass für Rudi die Beziehung zu Ende ist. Sie sagte, dass er das nicht tun könne nach so langer Zeit und ausgerechnet jetzt. Dabei waren sie gerade mal drei Jahre zusammen.«

Nora sagte: »Drei Jahre, immerhin, das ist gar nicht so wenig für heutige Verhältnisse.«

Nina trank einen Schluck Kaffee.

»Sie heißt Roxi, passt zum grünen Kleid, passt nicht zu Rudi. Ich bring die beiden nicht zusammen, beim besten Willen nicht.«

Lise überlegte. »Rudi, Roxi, es sind die Namen, die Namen passen irgendwie, finde ich. Manchmal sind es Kleinigkeiten, die ein Paar in die Irre führen.«

Nina schüttelte den Kopf.

»Seltsam, seltsam, diese Roxi verändert gerade meine Sicht auf Rudi, irgendwie, radikal, beinahe tragisch. Ich sehe mich auch nicht in einer Nachfolge von Roxi, das klappt schon gar nicht. Ich denke, ich werde in dieser Sache passen müssen, je eher desto besser. Der Laubfrosch wird sowieso keine Ruhe geben, das sagt mir schon das grüne Kleid. Außerdem behauptet Roxi, dass sie schwanger sei, eins zu null für sie.«

Nora orakelte: »Wer weiß, vielleicht sogar zwei zu null für sie. Armer Rudi.«

»Wieso armer Rudi«, sagte Moritz, ein Bauer braucht einen Hoferben, das passt doch wunderbar.«

»Ja, aber wenn es zwei auf einmal werden, dann gibt es Zoff ums Erbe«, sagte Malte.

Wir lachten über Noras Wortspiel, über den Laubfrosch, auch aus Erleichterung über Ninas Sinneswandel. Ich sagte, ich ginge jetzt Kuchen holen und nicht nur für mich.

»Was wollt ihr haben?«

Ich spielte Bedienung, nahm Bestellungen auf. Moritz kam mit. Wir versorgten unsere Mannschaft mit Apfelkuchen, Sahnetorte und Tellersülze. Malte und Oskar aßen Metzger Reichles hochgelobte Tellersülze, versanken im Bann des wahren Genusses und waren vorübergehend nicht mehr ansprechbar.

Rudi blieb lange aus, wurde aber nicht vermisst. Die Gäste versorgten sich selbst, man kannte sich aus, und die Stimmung stieg mit zunehmendem Bierkonsum. Als der Gastgeber nach einer Stunde wieder auftauchte, gab er sich gut gelaunt und begrüßte eine Musikergruppe. Ein Akkordeonspieler, ein Geiger und ein sehr junger Mann mit einem Saxophon waren eingetroffen und fragten nach dem Hausherrn. Rudi servierte ihnen zunächst Kaffee, essen wollten sie vorerst nichts, in der Pause gerne eine Sülze. Der Akkordeonspieler öffnete seinen Koffer und hob ein schweres Instrument auf seine Knie. Er schob über jede Schulter einen Tragriemen und legte ohne Ankündigung los. Ein luftiger Tanz wehte durch die Tischreihen, nicht allzu laut, die Gespräche nicht störend, unaufdringlich untermalend.

Der Graf stand plötzlich auf und ging von Tisch zu Tisch. Er ging wie ein Gutsherr, der seine Leute begrüßt, klopfte dem einen auf die Schulter, gab anderen die Hand, er sagte: »lasst euch nicht stören, lasst es euch schmecken, schön dass ihr da seid. Ihr habt hart gearbeitet, wer hart arbeitet, soll auch heute feiern.«

Ich fragte mich, wessen Fest es eigentlich sei, Rudis oder seines. Er kam auch an unseren Tisch. Er besah sich die Künstlerrunde, rieb sich die Hände.

»Ah, die Stipendiaten, vollzählig versammelt, das freut mich sehr, das freut mich besonders. Wir sind hier alle sehr glücklich, dass unser Ort Basis für künstlerische Entwicklung sein kann, eine vornehme Aufgabe für unser Haus und die Gemeinde.«

Wendelin war aufgestanden und gab ihm die Hand. Wir staunten über den vertrauten Umgang der beiden, hörten dass sie sich duzten.

»Wendel, du denkst an den Kulturabend im Schloss«, sagte der Graf. Er hob den rechten Zeigefinger, spaßhaft drohend. Er hieß Konrad.

Wendelin sagte: »Natürlich kommen wir, Konrad, mach dir keine Sorgen, der Abend ist fest eingeplant.«

In diesem Augenblick spielte die kleine Band einen schwungvollen Landler, und der Graf verbeugte sich vor Nina, die ihm am nächsten saß und bat um einen Tanz. Er tat das übertrieben höfisch, wedelte mit den Händen, deutete einen Kratzfuß an, wie ein Clown, der auf Lacher hofft. Nina spielte spontan mit, stand auf, knickste und gab die entzückte Tänzerin. Sie machte das gut, sie sah, dass Rudis Augen auf ihr ruhten. Sie tanzten zwischen den Tischen, galoppierten im Seitenschritt Richtung Scheune, vor der sich die Musiker eingerichtet hatten. Die Besucher klatschten, feuerten die Tänzer an, die jetzt mehr hopsten als Schritte machten. Der Graf winkte, rief. »Auf geht's zur Polonaise!«, doch niemand folgte seinem Aufruf. Auch wir taten schwerhörig, ließen ihn zappeln und hüpfen und konnten unser Lachen kaum verbergen. Die Band fand den Auftritt ebenso komisch und zog den Landler bewusst in die Länge. Der Graf stolperte kurz, Nina hielt ihn, fast in einer Umarmung kam er zum Stehen. Er verbeugte sich vor Nina, vor seinem Beifall klatschenden Publikum. Dann ergriff er Ninas Hand, sie verneigten sich beide gleichzeitig. Der Graf schnappte nach Luft. Er zog seine Lederweste straff über den Hosenbund, fuhr sich mit der Hand durch die grauen Haare, auffallend lange glatte Haare, die, obwohl mit Gel zum Hinterkopf gebürstet, ihm beim Tanzen über Stirn und Ohren gefallen waren. Er musste sich erholen, ein bisschen stehen, nach allen Seiten winken, dann führte er Nina zu ihrem Platz. Er küsste ihre Hand, verbeugte sich in militärisch strammer Haltung, ruckartig, knapp. Er streckte uns seine rechte Hand entgegen als wolle er uns einen seltenen Schmetterling zeigen und sagte: »euer Fest!« Mit etwas unsicheren Schritten ging er zu seinem Tisch. Er setzte sich erschöpft zu Gattin und Sohn, Elfi und Marianne, die ihn lobten. Elfi faltete die Hände und schüttelte sie, eine Geste zwischen Verehrung und Begeisterung. Bäcker Bieri und Metzger Reichle prosteten ihm zu.

Rudi wandte sich ab. Er nahm einen langen Schluck aus dem Bierglas.

Wendelin sagte, der Graf sei hier nicht nur Schlossherr, sondern auch Bürgermeister, und er unterstütze privat jährlich unser Stipendium mit einer hohen Summe. Die Familie sei sehr kunstinteressiert, sie veranstalte einen Kulturabend, lade dazu Sänger und Schriftsteller ein, es werde natürlich erwartet, dass wir möglichst vollzählig erscheinen.

»Kann man ja machen«, sagte Oskar, »ich habe damit kein Problem, wenn es ein paar Häppchen gibt und Wein, bin ich gern dabei.«

»Ihr werdet staunen, was der Graf sich den Abend kosten lässt. Da kommt vor allem die Marianne Reichle ins Spiel. Die serviert kalte Platten, sowas habt ihr noch nicht gesehen«, versprach Wendelin.

»Nein, haben wir noch nicht«, sagten Selma, Veronique, Nina und ich fast wie aus einem Mund. Dann
lachten wir.

Etwas später installierten Rudi und Metzger Reichle
zwei große Heizplatten in der Nähe des Hauseinganges.
Rudi zog eine Kabelrolle aus dem Hausflur, schloss die
Lichterkette im Kastanienbaum an, schloss die Heizplatten an. Er kroch auf dem Boden herum, die Lichterkette
brannte nicht, er steckte um, jetzt begann sie zu leuchten, flackerte unstet, er versuchte dies und das, dann gab
er auf, sollte sie doch flackern. Zum Glück zeigten die
Herdplatten Leben und wurden heiß. Dazwischen sah er
mehrmals hoch, zu unserem Tisch, zu Nina. Marianne
polierte die hochglänzenden Kochplatten noch einmal
mit einem Spezialtuch, obwohl es da nichts zu putzen
gab. Wirklich nicht. Einige Besucherfrauen räumten das
Kuchenbüfett ab und stellten Salate in Glasschüsseln auf
die Tische. Obwohl es noch nicht dämmerte, begannen
einzelne Leuchtschweinchen zu glimmen, als wären sie
mit gespeichertem Sonnenlicht zum Bersten gefüllt und
nicht mehr in der Lage, ihre Ladung bis zum Einbruch
der Dunkelheit festzuhalten. Ich dachte an reißende Ein
kaufstüten, an platzende Luftballone. Ich dachte an Roxi
und ihr Schweinchen. Ob es glühte?

Nina beachtete Rudi nicht. Gezielt zettelte sie span-
nende Diskussionen an, verglich das Landleben mit einem Heuhaufen, von außen trocken und duftend, im
Innern dunkel, feucht und modernd. Sie sprach laut, ges-
tikulierte mit den Händen, Rudi konnte das sehen.

Selma sagte: »Deshalb musst du den Heuhaufen auf-
lockern, mit der Gabel wenden.«

»Und wenn es ständig regnet bist du machtlos, kriegst du dein Heu nicht in die Scheune, hast du einfach Pech«, warf Oskar ein.

»Nina hat recht, Landleben, jetzt mal als Bauer, ist nicht planbar, so gut du es versuchst. Ein einziger Hagelschauer fetzt dir die ganze Ernte in den Boden. Stadtleben ist berechenbarer, zuverlässiger. Ein Zahnarzt hat seine Patienten, eine Verwaltung ihre Sprechzeiten, eine Schule ihre Schüler, die kommen auch bei Unwetter und Schneetreiben, und kommen sie nicht, bekommt der Lehrer trotzdem sein Gehalt.«

Nina sagte: »So mein ich das nicht, ich wollte sagen, Landleben hat von weitem besehen einen großen Reiz, etwas Verlockendes, Friedliches, Behagliches, man glaubt, die Uhren ticken langsamer. Bekommst du aber Einblicke, wird's ganz düster, es fault an allen Ecken, du läufst wie über Moorboden, musst die sicheren Stellen kennen, und kennst du sie nicht, dann zieht dich keiner aus dem Schlick.«

»Du kannst aber abhauen, verschwinden, siehe Sandra Riemer, die hat es geschafft«, sagte Lise.

»Das ist noch nicht bewiesen, das weiß man nicht«, sagte Nina. »Ich fragte einen der Polizisten, die den Strand absuchten. Sie haben keine Spur, keinen einzigen Hinweis auf ihren Verbleib. Es sei ein Rätsel, sagten sie, und das Schlimmste auch nicht ausgeschlossen.«

Rätsel sind immer gut, fand Wendelin. Er verwies auf das Phänomen im Loch Ness.

»Die Bewohner pflegen das Geheimnis, das ihnen gute Geschäfte beschert. Warum sollen sie etwas aufklären wollen, das so zauberhaft gruselig ist. So wird die

Sandra vielleicht das Geheimnis vom Mittelsee und verschwindet in der Jungfrauenschlucht, gesellt sich zu den Mädchen, die es im Dorf auch nicht ausgehalten hatten. Eine schönere Geschichte gibt es nicht, sie ist perfekt und nicht zu toppen.«

Rudi stellte eine flache Edelstahlwanne auf eine der beiden Heizplatten, hob eine Riesenpfanne auf die andere. Elfi stapelte neben den Salatschüsseln Teller zu einem Turm, stellte Besteckkörbe dazu, legte Servietten auf. Rudi kündigte jetzt das Essen an, bat die Gäste ans Salatbüfett, weiter gebe es Wildschweinbraten und Rosmarinkartoffeln, für Soßenfans eine dunkle Soße vom Bratenfond. Walter Reichle stand an der Fleischpfanne und schnitt sachkundig auf. Sein Messer war so scharf, dass es ohne Druck und wie von selbst durch den Braten glitt. Er legte gleichmäßig dicke Fleischscheiben auf Teller, die ihm die Gäste reichten, Rudi häufelte zart gebräunte Kartoffelschnitze mit Rosmarinnadel dazu. Der Graf und sein Sohn stellten sich bescheiden hinter die Wartenden. Sie hielten ihre Teller wie Frisbee-Scheiben vor die Brust und freuten sich sichtlich, dass die Essensvergabe zügig voran ging. Der Graf lobte lautstark das Team am Herd, man sehe hier wieder einmal, was gute Vorbereitung und fachkundige Handhabung zuwege brächten, ein Vergnügen sei es, hier zu stehen und den beiden Herren bei der Arbeit zuzuschauen. Dem Sohn schien das Gerede seines Vaters auf die Nerven zu gehen. Er trat von einem Bein aufs andere und verdrehte die Augen. Er stand vor seinem Vater, wurde vor diesem bedient, er wünschte auch Soße, dankte und drehte sofort ab, Richtung Mutter. Die hatte inzwischen für gut gefüllte Salatteller gesorgt. Der Graf bewunderte das Bratenstück, nahm gerne zwei, ließ sich das Messer zeigen und kostete die Soße mit einem Probierschälchen, bevor er sich für das tiefbraune Gebräu entschied. Ob es Preiselbeeren gebe? Rudi lief zum Salatbüfett und reichte ihm die Schale mit der roten Grütze. Gut gelaunt balancierte er seinen Teller zum Biertisch, setzte sich, konzentrierte sich auf seine Mahlzeit und schob einen Bissen Fleisch in den Mund. Er seufzte wohlig, schloss kurz die Augen. Er ließ sich das Fleisch auf der Zunge vergehen und hielt endlich seinen Mund.

Es dämmerte. Die Schweinchen leuchteten rosenrot, die Lichterkette litt noch immer unter Wackelkontakt, und Rudi versuchte noch einmal, aber vergeblich, ihr nervöses Flimmern zu beheben. Die Dreierband drehte jetzt auf. In kühner Folge spielte sie Walzertakte, Tango und Salsa, und intonierte Schlager, Welthits wie *Azzurro*, *Felicità* oder *Griechischer Wein*. Nur wenige Gäste ließen sich auf die Tanzfläche locken, ein mit Verbundsteinen ausgelegtes Areal vor der Scheunenwand. Die meisten saßen träge vor ihrem Bier, ihrem Weinglas, einige klopften im Takt der Musik mit der Hand auf den Tisch. Ein paar Frauen schaukelten untergehakt hin und her und sangen mit, sangen *O Sole Mio*, oder *Ein Schiff wird kommen*.

Ich schätzte das Durchschnittsalter der Besucher auf fünfzig, sechzig Jahre, wenige jüngere Paare, Jugendliche nicht an Bord. Die Sprecherin einer betagten Frauenrunde trat zu den Musikern und wünschte im Namen ihrer Damen die *Loreley*.

»Kennen Sie die *Loreley*«, fragte sie den Akkordeonspieler, als frage sie ihn nach einer gemeinsamen

Bekannten. Der Musiker lachte.

»Wer kennt die nicht.«

Er beriet sich mit seinen Kollegen, die nickten, schlossen synchron die Augen und ließen die Melodie wie süßen Honig aus ihren Instrumenten fließen. Anfangs leise, kaum hörbar, dann anschwellend, dramatisch sich steigernd, und die Gäste sangen mit. Sie versenkten mit Inbrunst den Schiffer im kleinen Kahn, und bezichtigten die schöne *Loreley* der Verführung unschuldiger, schwer arbeitender Männer. Glücklich über ihren Publikumserfolg spielte die Band das Drama gleich noch einmal. Die Leute sangen noch lauter, sangen erregt.

»*Und das hat mit ihrem Singen die Loreley getan.*«

Viele schwangen drohend einen Zeigefinger gegen eine Angeklagte, die gar nicht vorhanden war, oder gegen Allgemeines, was sie schon lange ärgerte. Die Stimmung nahm eine bedenkliche Wende. Die Musiker fingen das ab, spielten jetzt *Horch, was kommt von draußen rein,* und die Leute beruhigten sich, aßen Käsewürfel und prosteten sich zu.

Eine Frau kam an unseren Tisch.

»Ihr seid die Künstler«, stellte sie fest und bat darum, sich zu uns setzen zu dürfen.

»Darf ich mich kurz zu euch setzten?«

Sie holte sich einen freien Stuhl vom Nachbartisch und schob ihn zwischen Selma und Malte, die auseinanderrückten. Sie heiße Luitgard und male auch, verriet sie uns, habe Kurse besucht, in der Volkshochschule, Aquarellkurse und Portraitzeichnen. Sie sagte, durch die Kunst sei ihr Leben ein ganz neues geworden, mache wieder Sinn, die Kunst gebe ihr Lebensmut. Sie sagte, sie verstünde sehr gut, warum die Menschen malen und zeichnen, sie verstünde das, seit sie es selbst betreibe. Sie stelle auch aus, zusammen mit anderen, sie gehöre einem Kreis von Hobbymalern an, und dass auch die soziale Komponente für sie sehr wichtig sei. Sie lebe allein, durch die Kurse habe sie Anschluss ans Leben gefunden, und sie habe sich verändert, sei offener geworden.

»Ihr dürft mich gerne duzen, das würde mich freuen.«

Sie wischte über ihr Handy und sagte: »Wollt ihr mal sehen.«

Das war keine Frage, sondern eine Aufforderung, sich ihre Arbeiten anzuschauen. Sie gab das Handy Malte, schlug vor, er möge es einfach weiterreichen. Malte scrollte eine Bildergalerie von oben nach unten durch, und gab das Handy Selma, Selma gab es Lise, Lise reichte es mir. Luitgard beobachtete uns. Sie lächelte glücklich, freute sich über Äußerungen wie: »Sehr schön, erstaunlich, oder fleißig, fleißig.«

Ich schätzte Luitgards Alter auf Ende vierzig. Ihre dunklen, mit grauen Strähnen durchzogenen Haare waren im Nacken in einem kleinen Büschel gefasst. Ich sah Luitgard an, dachte, Vollmondgesicht, freundliches, helles Vollmondgesicht, Backen so rund wie Brötchen, dazwischen ein kleiner, schmallippiger Mund, der sich beim Lachen in erstaunliche Breite zog, was ich ihm nicht zugetraut hätte. Ich wischte über ihre Aquarelle, liebliche Seelandschaften, Boote unter Trauerweiden am Ufer, hohes Schilf im Wasser am Bootssteg, im Hintergrund eine Bergkette, Schwäne am Strand, der See verliert sich im Nebel. Ansichtskartenmotive, ganz locker gemalt, gar nicht schlecht in meinen Augen.

»Die Portraits zeichnete ich schon vor fünf Jahren, sie sind älter als die Aquarelle. Ich fühl mich aber mit der Aquarellmalerei eher bei mir, sie gibt mir etwas, was ich im Portraitkurs nicht gefunden habe. Und mit Kohlestift arbeitete ich auch nicht gern, dauernd die staubigen schmutzigen Hände, ich konnte den Kohlestaub nicht ertragen, er ging mir in die Lunge. Ich versuchte es mit einem Aquarellkurs, eine feuchte Malerei, nicht so staubig. Damit bin ich bei mir angekommen und bin immer noch dabei.«

Ich besah mir die Zeichnungen. Sie erinnerten mich an Phantombilder der Polizei. Augen, Mund und Nasen waren stark betont, mit dickem Strich, die Haare, ob kurz oder lang, flächig geschwärzt, teils verwischt, mit den Fingern oder einem Lappen. Die Gesichter starrten mich an, eindringlich, misstrauisch. Kein Mund lächelte. An einem Portrait blieb ich hängen. Trotz der groben Darstellung, trotz Luitgards fürchterlicher Zeichnung konnte ich erkennen, dass eine sehr schöne Frau Modell gesessen haben musste. Luitgard reckte den Hals, sie konnte erkennen, welches Portrait mich fesselte.

»Das ist die Sandra Riemer, die war in meinem Kurs, die war gut, ziemlich gut war die, hatte aber ein Verhältnis mit unserem Kursleiter, und als es herauskam, blieb sie weg. Das Handy wanderte plötzlich schnell von Hand zu Hand. Alle wollten einen Blick auf Sandra werfen. Luitgard missverstand unser Interesse, sie glaubte, ihre Zeichnungen fänden unseren Beifall. Wir ließen sie in diesem Glauben.

Ich sagte: »Du weißt schon, dass die Sandra verschollen ist, dass sie krank ist, dass man keine Spur von ihr gefunden hat, bisher wenigstens.«

»Ja, sagte Luitgard, das hörte ich, und ehrlich gesagt wundert mich das nicht, bei diesem Lebenswandel.«

»Wie meinst du das, die Frau war ja die letzten Jahre so gut wie eingesperrt mit ihrer Lichtallergie, viel Lebenswandel war da bestimmt nicht möglich«, sagte ich.

»In den letzten drei Jahren nicht, aber davor hat es die Sandra ganz schön getrieben«.

Luitgard wusste da Bescheid.

»Alle Frauen im Dorf wissen das«, sagte sie, »auch die Gräfin weiß, dass die Sandra ein Verhältnis mit dem Grafen hatte. Die ging im Schloss aus und ein, und der Doktor hat es ertragen, hat gearbeitet vom Morgengrauen bis in die Nacht. Er hat sich nie beklagt, die Gräfin auch nicht, denn sie waren nicht die einzigen, die von Sandra betrogen wurden. Die Riemer trieb es mit vielen im Dorf, manchmal gleichzeitig, bis zu ihrer Erkrankung, dann war Ruhe.«

Der Akkordeonspieler schlug einige Töne an, die Selma elektrisierten. Sie warf ihr Weinglas um, so heftig sprang sie auf und stürzte auf die Tanzfläche. Sie begann sich zu drehen, warf die Arme über den Kopf, stampfte auf und schrie *Gloria*, immer wieder *Gloria*, dabei zuckte sie wie in einem Krampfanfall mit dem Kopf. Sie ging in die Knie, schraubte sich wieder hoch und wiegte sich in den Hüften. Die Band spielte jetzt nur für sie, niemand schloss sich Selma an. Einige Frauen ließen sich hinreißen, schrien *Gloria*, die Musiker schrien es auch, als zöge man in eine Schlacht, und der Geiger brachte seine Violine zum Kreischen, schrill, vibrierend, ungezügelt, vom Saxofon betörend angefixt. Die Männer an den Tischen blieben ruhig, hielten sich an ihren Bier- oder

Weingläsern fest und wunderten sich über den Temperamentsausbruch ihrer Frauen. Einige schüttelten den Kopf, grinsten verschämt. Es waren Frauen, die klatschten und im Takt der Musik mit den Füßen auf den Boden stampften. Mit dem letzten *Gloria*-Schrei wirbelte Selma wie ein Derwisch um die eigene Achse und öffnete die Arme, als wolle sie die ganze Welt umarmen. Dann ging sie gelassen zu ihrem Tisch, als habe sie soeben nur mal eine Zigarette geraucht, was sie natürlich niemals tat.

Sie sagte: »Mein Weinglas ist leer, was ist denn mit meinem Wein passiert?«

Moritz sagte: »Das Glas hat *Gloria* nicht überlebt, wir mussten dir ein neues holen«.

Selma verstand das jetzt nicht, fragte aber nicht weiter nach, denn Oskar goss nach und nicht zu knapp.

Auch die Musiker gönnten sich einen Schluck, einigten sich dann auf einen Gemüts-Beruhiger und spielten *An der Nordseeküste, am plattdeutschen Strand*. Sie versetzten damit die Gesellschaft in Schunkellaune, und diesmal sangen vor allem die Männer, verhalten zuerst, dann mit Inbrunst, das heimische Seeufer vergessend.

Der Graf und seine Gattin verließen das Fest. Der Sohn hatte sich bereits nach dem Essen von Rudi verabschiedet. Eine schon lange vor dem Hoffest getroffene Verabredung habe er nicht rückgängig machen können, schade, hatte er zu Rudi gesagt, er wäre so gerne geblieben. Rudi wusste, dass der Junge log, dass er zur Disko nach Untersee wollte, wie immer am Samstagabend. Er nahm ihm die Lüge nicht übel, im Gegenteil, er konnte ihn verstehen. Warum sollte er die Wahrheit sagen bei diesem Vater, der seinem Sohn seit Jahren zeigte, wie man mit Lügen bekommt, was man haben will. Der Graf ging mit seiner Gattin von Tisch zu Tisch, wünschte noch ein schönes Fest. Er schüttelte Rudi eindringlich die Hand und versetzte ihm kumpelhaft Klapse gegen den Arm.

»Wir sehen uns«, versprach er überlaut. Das versprach er auch uns. Er stand an unserem Tisch, zeigte uns seine Gräfin.

Er sagte: »Meine Gattin.«

Er sagte auch, dass sie eine Kennerin moderner Kunst sei und uns im Studienhaus besuchen würde. Die Gräfin nickte. Ob sie sprechen konnte, erfuhren wir nicht. Die beiden gingen, er fasste nach ihrem Arm als müsse er sie stützen, oder hielt er sich an ihr fest?

Rudi wanderte von Tisch zu Tisch, man erwartete ihn. Alles Freunde, auch Freunde seiner verstorbenen Eltern, die den Rudi als Bub erlebt hatten, die sich immer wieder und von Mal zu Mal wundern mussten, welch tüchtiger Bauer aus ihm geworden sei, als hätten sie das irgendwie nicht erwartet. Eine Frau fehle ihm halt noch, sagten sie, dann wäre alles perfekt, und Rudi versprach ihnen wieder einmal, gründlich nach einer solchen Ausschau zu halten.

»Zu meiner Hochzeit seid ihr alle eingeladen«, sagte er und trank einen Schnaps, nicht den ersten.

An unseren Tisch kam er nicht. Nina stand irgendwann auf und sagte:

»Mir reichts für heute, ich mach mich auf den Weg.«

Oskar ging mit ihr. Auf keinen Fall, sagte er, dürfe sie hier allein nachts durch die Dorfstraße gehen, in einem lasterhaften Ort wie diesem, in dem Frauen verschwänden,

Unzucht betrieben würde und womöglich Schlimmeres. Nein, keinen Schritt überließe er Nina dem Ungeist dieser Gemeinde und dem Sirenengesang der verschollenen Jungfrauen in der Schlucht, gegen deren Treiben nicht einmal die Polizei etwas ausrichten könne, ja geradezu machtlos sei.

Luitgard starrte den beiden hinterher. Sie nahm Oskars Bedenken sehr ernst, hatte das so noch nicht bedacht. Jetzt tat sie es.

»So habe ich das noch gar nicht gesehen, aber es stimmt, was Oskar sagt, und es macht mir Angst.«

Sie bat, sich auf dem Heimweg uns anschließen zu dürfen, sie wohne nicht weit vom Künstlerhaus entfernt, die letzten Meter könne sie dann alleine gehen. Wir sagten, das müsse sie nicht, wir würden sie selbstverständlich begleiten. Wir sagten auch, dass Oskar gerne so blöd daherrede und sie das nicht ernst nehmen solle, was er sage. Aber Luitgard blieb aufgeschreckt, sie wisse was hier vor sich gehe, und der Oskar wisse das wohl auch.

Der Geiger tauschte jetzt seine Violine gegen eine Bassgitarre, die den ganzen Abend an der Scheunenwand gestanden und auf ihren Einsatz gewartet hatte. Die Band traf Vorkehrungen für eine spektakuläre Endrunde und fetzte einen heißen Rock-Pop-Mix über den Hof, der noch am Seeufer zu hören war. Der Akkordeonspieler entriss seinem Instrument einen Sound, den ich von einem Schifferklavier nicht erwartet hatte, hart, kreischend, provokant. Das Saxophon dröhnte wie eine Tröte, unerbittlich seinen Rhythmus sägend, dazwischen in Ausbrüchen verstrickt wie ein erwachter Vulkan. Vielleicht wollten die Musiker die träge wein- und bierselige Gemeinde aufmischen, wecken, den Leuten endlich einmal Beine machen. Wir verschleppten Luitgard auf die Tanzfläche, sie machte mit, schlenkerte ihre Arme durch die Luft, bewegte sich schlangenhaft an uns vorbei, kreiste mit den Hüften. Vielleicht besuchte sie nicht nur einen Aquarellkurs, sondern gehörte auch einer Bauchtanzgruppe an. Die Musiker freuten sich und heizten uns ein. Wendelin nahm meine Hand, wir versuchten eine gemeinsame Performance, ich wollte das, und er erst recht. Rudi stand mit einem Bierglas unentschlossen vor der Scheune und sah uns zu. Veronique zog ihn unter die Tänzer, er konnte gerade noch sein Glas abstellen. Wir tobten uns aus, fielen uns in die Arme, rissen sie hoch und stießen unsichtbare Lasten in den Himmel. Endlich retteten sich die Musiker erschöpft in die letzten Takte, ließen sie schleifen, verzerrten den Ton zu einem schrägen Geheul, Wolfsgeheul, ein ganzes Rudel schien sich auszuweinen. Danach packte die Band ihre Instrumente weg, die Männer standen auf, verbeugten sich und wünschten allen eine gute Nacht.

Ein bisschen plötzlich kam das. Rudi versicherte, der Abend sei ja nicht zu Ende, es gebe noch genügend zu trinken, Käseplatten stünden auf dem Büfett, eine Nachspeise, von Elfi angerührt, warte auf Süßschnäbel. Das Wort klang aus Rudis Mund ziemlich komisch, ich nahm an, es stammte von Elfi, und Rudi tat mir plötzlich leid irgendwie. Er konnte uns mit seinem Angebot nicht umstimmen, wir hatten beschlossen nach Hause zu gehen. Wir waren müde, alle alkoholisiert. Wir ließen Rudi zurück, bei seinen unverdrossen sitzenden Freunden, in seiner Welt, in seinem Hof, zwischen Scheune, Haus und Kuhstall, Solarschweinchen und immer noch flackernder Lichterkette. Wir begleiteten Luitgard, die weiter entfernt vom Studienhaus wohnte, als wir angenommen hatten. Sie wohnte in einem der letzten Häuser des Dorfes, am Ende der Straße, die hier als Weg in die Jungfrauenschlucht überging. Sie bedankte sich gerührt.

»So viele Beschützer begleiten mich.«

Sie sagte, sie hätte nicht geglaubt, dass studierte Künstler so nett zu ihr wären. Wir sagten, das habe nichts mit einem Studium zu tun, sondern mit ihr. Sie schien das im Moment nicht ganz zu verstehen, freute sich aber trotzdem. Wir schlenderten gemächlich zurück, sahen manchmal den Seespiegel durch Baumgruppen blitzen, und Wendelin nahm wieder meine Hand, weil er das wollte, und ich auch.

Lise machte wenige Tage nach dem Hoffest einen Fund. Sie sammelte am Seeufer Schwemmholz für ihre Objekte. Zwischen Tang und Kieselsteinen entdeckte sie ein schmales goldenes Armband, dessen Sicherheitsschloss aufgebrochen und verbogen war. Der längere Teil des Bandes lag unter Steinen, ein kurzes Stück mit dem Schloss war sichtbar. Lise zog daran und hielt ein feingliederiges Schmuckstück in der Hand, verdreckt, aber stellenweise hochglänzend.

Sie sagte: »Oh nein, bitte nicht.«

Sie ließ das Band in ihre Nesseltasche fallen, ließ das Schwemmholz liegen, wo es lag und ging zur örtlichen Polizeistation. Eine junge Polizistin ergriff das Armband mit einem Tuch und ließ es in eine Klarsichttüte gleiten.

Sie sagte: »Es ist gut, dass Sie es bringen, und dass es nicht von jemand eingesteckt wurde.«

Sie bat Lise, die Fundstelle zu markieren und bei Bedarf der Polizei behilflich zu sein. Lise ging zurück an den See, legte mit Steinen einen Kreis um den Fundort, sammelte ihr Schwemmholz ein und trug es nach Hause. Zwei Tage später stand erneut ein Streifenwagen vor Riemers Praxis, drei Tage später vor dem Hintereingang des Schlosses, danach stundenlang vor der Metzgerei, der Bäckerei und vor der postmodernen Villa eines Schlauchbootherstellers. Zum Kiosk am See ging der Ermittler zu Fuß, zu Luitgards Kursleiter ebenso, nicht der Gemeindepolizist, sondern ein Kommissar aus der Kreisstadt. Einige Male wurde das Auto des Kommissars noch vor anderen Häusern entdeckt, in denen völlig unbescholtene Bürger befragt wurden, was die Dorfbewohner beunruhigte. Der Elektromeister aus dem kleinen Fachgeschäft für Haushaltswaren sagte, es gäbe keinen Grund zur Sorge, die Polizei sammle nur Hinweise, mehr nicht. Er sagte, der Kommissar hatte wissen wollen, wann er bei Doktor Riemer die Brandschutzmelder montiert habe, vor allem im Oberstock, und ob er Frau Riemer gesehen habe. Die Frau traf ich nicht, hatte er dem Kommissar gesagt, und die Montage konnte er zeitlich belegen. Ich habe das alles schriftlich, da kann mir keiner was, erklärte er seinen Kunden, Bekannten und allen, die es hören wollten. Noch einmal suchten Polizisten das Seeufer ab. Lise bekam einen Anruf. Der Gemeindepolizist fragte an, ob sie bereit sei, dem Suchtrupp den genauen Fundort des Armbandes zu zeigen. Lise traf sich mit der Gruppe, die Steine lagen unverrückt an der Stelle, an der Lise sie abgelegt hatte. Danach geschah nichts mehr. Nichts hörte man, nichts drang zu den Ohren der

Dörfler, so sehr sie diese auch spitzten.

Nach einer gewissen Zeit sagten die Leute, dass das Armband schließlich jedem gehören könne, auch einer Fremden, die es verloren habe und jetzt wohl schmerzlich vermisse. Fremde, sagten sie, trieben hier am Strand so alles Mögliche, da verlöre man schon mal etwas Kostbares im Eifer des Geschehens.

Nur Elfi Bieri wusste es besser. Sie habe, und sie könne es beschwören, ein goldenes Armband einst an Sandras Handgelenk gesehen. Sie hatte das auch dem Polizisten gesagt, der bei ihnen im Haus gewesen war und ihrem Mann unerhörte Fragen gestellt habe. Ausgerechnet ihrem braven Mann, der noch keinen einzigen Tag ohne seine Frau verbracht habe, immer hinter seiner Brot-und Kuchentheke gestanden, immer in ihrem Blick gewesen sei, was ihr der Polizist auch gerne geglaubt hatte. Das glaub ich Ihnen gerne, Frau Bieri, habe der Mann gesagt, aber es ginge auch um die Nächte, und ob sie sich da genauso sicher sei, schließlich arbeite sie ab vier Uhr in der Backstube. Ja, das sei sie, und sie schwöre das sogar beim Schutzpatron der Bäcker, dem hl. Honorius. Als man ihr dann endlich das Armband zeigte, habe sie es zweifelsfrei erkannt.

»Von einem Schwur sah ich in dem Fall allerdings ab, denn die Sandra besaß so viele Armbänder, das verunsicherte mich dann doch«, erzählte sie ihrer Kundschaft.

Nina vergaß Rudi oder versuchte ihn zu vergessen. Sie arbeitete konzentriert im Atelier, übertrug ihre Zeichnungen auf große Formate. Sie zeichnete mit einem sehr dünnen Pinsel und schwarzer Farbe auf Leinwand, mit lockerem

Strich. Sie zeichnete nur das Wesentliche einer Gestalt, eines Gesichtes, eines Gegenstandes, gab Linien Bedeutung, Leerflächen eine Form. Eine fragile, eine transparente Welt entstand vor unseren Augen. Es war, als erschiene Nina ihr Umfeld als ein hauchzartes Gebilde, ein Gespinst, das jeden Augenblick durch geringste Erschütterungen zerbrechen, bersten, reißen könne, den Elementen schutzlos preisgegeben. Wir staunten, sagten nichts und staunten. Sah sie mit einem Mal so ihre Welt, als einen Ort des allzeit lauernden Verhängnisses, der Zerbrechlichkeit, des Verlorenseins. Verlor sie den Boden unter ihren Füßen?

Auf ihrer Matratze liegend, eines Abends, sagte Nina: »Leute, ich fühle mich so schwerelos, wie auf Wolken lebend, über den Wolken lebend, im Orbit, als wäre ich der Schwerkraft entkommen. Versteht ihr was ich meine?«

»Klar«, sagte Veronique, »das versteh ich, du bist allerdings nicht der Schwerkraft entkommen, aber etwas Ähnlichem. Du weißt was ich meine, oder?«

Wir lachten. Wir sagten auch, dass ihr gerade Flügel wüchsen, das sähen wir an ihrer Arbeit, die wir bewunderten. Wir sagten, es wäre allemal besser, von der Muse geküsst zu werden als von einem Mann, denn die Muse küsse selbstlos, beschenke, inspiriere. Ein Spruch fiel mir ein, den ich irgendwo gelesen hatte. *Die Wissenschaft ist mächtig, der Kunst stehen die Engel bei.*

»Du hast gerade großes Glück, liebe Nina«, sagte ich.

Rudi wurde mit Roxi manchmal am Strand gesichtet. Sie saßen vor dem Kiosk an einem der kleinen Tische unter einem orangefarbenen Sonnenschirm. Sie aßen Eis, mächtig aufgetürmte Kreationen mit winzigen Schirmchen dekoriert, lange Waffelröllchen steckten wie erloschene Kamine in einer aufgeschäumten Sahnekuppel. Roxi hielt Rudis Hand, oder Rudi hielt Roxis Hand, so genau sah niemand, wer wen festhielt.

Riemers Wartezimmer war voller denn je, und die Buntglasfenster in der Praxis leuchteten bis in den späten Abend. Im Oberstock blieb es dunkel. Die Polizei schloss überraschend schnell die Vermisstenakte Sandra Riemer. Das sprach sich dann doch im Dorf herum und löste eine zeitlich beschränkte Erregung aus. Die Gemüter der Bewohner beruhigten sich bald, schließlich vermisste man die Verschollene nicht, außerdem zog in einigen Familien ein wohltuender Friede ein, und letztlich war es einer erwachsenen Frau nicht verboten, ihren Mann zu verlassen, wovon die meisten überzeugt waren, dass die Frau des Doktors das getan haben müsse. Das passt zu ihr, sagten die Leute, so eine wie die bringt sich nicht um. Außerdem, was sollte denn sonst passiert sein?

Ich dachte über Wendelin nach. Er schien meine Nähe zu suchen, eindeutig, doch zwischen Händchenhalten und Beziehungstat lag ein tiefer Graben, den ich nicht überschreiten wollte. Nach meinem fluchtartigen Auszug aus Jens Wohnung hatte ich nicht die Absicht, mich so schnell mit jemand anderem einzulassen. Ich lebte jetzt gerne allein. Ich erholte mich allmählich von Auseinandersetzungen, Eifersuchtsszenen und erniedrigenden Vorwürfen. Ich schöpfte hier Kraft, fand zu meinen wahren Interessen zurück. Diese kostbare Zeit der Selbstfindung wollte ich auf keinen Fall mit jemand teilen, obwohl mir Wendelin gefiel. Er gefiel mir sehr, mit seinen dunklen Augen, die wenig über seine Gefühle, seine Gedanken verrieten, eigentlich gar nichts und nicht gerade der Spiegel seiner Seele waren. Sie waren zu dunkel. Kleine Höhlen in denen man ohne Taschenlampe nichts erkennen konnte. Sie standen im wunderlichen Kontrast zu seinem blonden Haar und seiner sehr hellen Haut. Groß war er, ein Wikinger, vielleicht, doch die Höhlenaugen ließen den Vergleich nicht zu. Selma vermutete, er sei ein verhinderter Wikinger, ein Quantensprungergebnis, ein prähistorischer Mischling, ein Völkerwanderungsprodukt, und außerdem, ein Neandertaler-Gen käme auch dazu, das besäße allerdings jeder von uns, auch Wendelin, nach neuester Forschung, und das fände sie ganz toll.

Ich nahm mir vor, das Händchenhalten nicht zu fördern und räumliche Nähe mit Wendelin zu meiden, so gut es eben ging. Das war eine Entscheidung, das musste jetzt sein, meiner Ruhe, meiner Arbeit geschuldet. Damit kam ich gut voran. Ich ließ mir Zeit mit meinen Schattenmenschen, erfand immer neue Möglichkeiten, Leben im Dunkeln zu thematisieren. Es war sehr ruhig im Atelier. Niemand sprach. Nora seufzte manchmal. Sie hatte endlich eine Idee entwickelt. Vom See inspiriert malte sie Bilder, die an Unterwasserlandschaften erinnerten, jedoch nicht eindeutig als solche zu erkennen waren. Farbteppiche entstanden, verschwommene Flecken, blau, grün, violett, türkis, durchzogen von allerlei geheimnisvollen Zeichen, Kringel, auch Buchstaben, Hieroglyphen. Muschelartige Wesen krochen durch transparente kleine Röhren, winzige Menschenhände, mit großporigen Schwämmen verwachsen, versuchten sich aneinander festzuhalten. Schwärme von bunt schillernden Punkten, Kaulquappen ähnlich, drängten wie Blasen an den

oberen Bildrand. Nora versank im Farbrausch, tauchte ab
in eine skurrile Schöpfung, in einen Tiefseetraum, malte
Bild um Bild, malte, grundierte, malte.

Selma hing noch immer an ihrer Felswand, die sich
täglich veränderte. Neue Spalten taten sich auf, andere
verschwanden. Sie stand jetzt auf einem Hocker, um be-
quem den oberen Teil des Bildes bearbeiten zu können.
Ihr Fußgelenk war noch immer leicht geschwollen, doch
sie weigerte sich, noch einmal Riemer zu besuchen. Sie
sagte: »Was wollt ihr, konnte ich damit tanzen, kann ich
damit malen, das genügt.«

Veroniques Säulenwesen benötigten inzwischen
mehr Platz. Aufrecht und fordernd standen sie in einer
Atelierecke, brachten ihre spitzen Nasen in Stellung und
schienen uns bei der Arbeit zu kontrollieren. Frech sahen
sie aus. Selma gab einem etwas klein geratenen Exem-
plar einen Namen. Sie nannte es Butz, ihren Liebling.
Sie setzte ihm ein Papierhütchen auf den Kugelkopf.
Veronique formte sie nun aus echtem Ton, den sie von
einer Keramikwerkstatt in Obersee bezog. Sie trug ihre
Geschöpfe wie Kleinkinder in den Garten und stellte sie
nebeneinander auf einen Biertisch unter das weit vor-
springende Dach des Studienhauses. Dort richteten sie
ihren Blick, vielmehr ihre Kegelnasen auf die Riemer-
Villa, starr und aufdringlich. Einige drehten der Villa ihre
Rückseite zu. »Auch nicht die feine Art«, sagte Selma.

Dem Doktor schien die seltsame Mannschaft nicht unbemerkt geblieben zu sein. Eines Abends stand er in seinem
Garten und fixierte reglos den Aufmarsch der Tonnen-
wesen. Lise hatte ihn beobachtet. Sie kam von einem Sam-
melgang zurück. Sie hatte so einiges aufgelesen und trug

die Beute in ihrer Nesseltasche heim. Sie sah ihn stehen und trat unbefangen an den Riemerschen Gartenzaun.

»Hallo, Herr Doktor Riemer, alles ihre Patienten, die noch warten, aber in Eile sind die nicht, die stehen gut auf ihren dicken Beinen.«

Lise erzählte, Riemer habe ein bisschen gegrinst, auf einem Mundwinkel nur, sei dann wortlos weggegangen.

Es war das letzte Mal, dass jemand von uns den Doktor zu Gesicht bekommen hatte.

Zum gräflichen Kulturabend erschien er nicht. Der Graf begrüßte in einer kleinen Rede seine Gäste. Er erwähnte, dass ein guter Freund des Hauses und großzügiger Förderer der Kunst, Doktor Riemer, sich entschuldigen lasse. Das Schicksal seiner Frau belaste ihn so sehr, dass er heute keine Freude an den Darbietungen haben könne. Dafür habe er vollstes Verständnis.

»Ich wünsche unserem Freund, dass er Ruhe finden wird, dass sich das Rätsel um seine Gattin lösen, das Verschwinden aufklären lässt, auch nach Abschluss der Ermittlungen.«

Der Graf schaute angegriffen zu Boden, dann blickte er auf, er sagte, nichts sei schlimmer, als einen geliebten Menschen zu vermissen, dessen Verbleib im Dunkel läge.

Einige Besucher schnäuzten ins Taschentuch, ein paar Frauen husteten, räusperten sich. Der Graf hielt inne, wartete auf Ruhe.

Dann begrüßte er die Stipendiaten der Hochschule mit ihrem Leiter, Wendelin Hall, unser sehr geschätzter Freund, der wieder eine auserwählte Künstlergruppe begleite und fördere. Er betonte, er freue sich über das vollzählige Erscheinen der jungen Kunstschaffenden, denen er einen erfolgreichen Weg prophezeie und wünsche.

»Wer hier im Studienhaus arbeitet, wird in der Regel umgehend von Galeristen wahrgenommen und erfolgreich auf dem Kunstmarkt betreut.«

Ich sah nach Wendelin, sah sein Profil. Der sehr geschätzte Freund des Grafen verschränkte die Arme vor der Brust und sah kurz zur Decke, dann zu Boden. Was dachte er?

Der Graf kündigte jetzt ein weltbekanntes Kammerorchester an, das er hatte gewinnen können. Zwischen einer Amerikareise und einigen Salzburgterminen hätten sich die Musiker für den heutigen Abend Zeit genommen. Er deutete eine langjährige Freundschaft mit dem Ensemble an, die diese Zusage ermöglicht habe. Einige Gäste klatschten, er wehrte bescheiden ab. Er sah jetzt wieder zu Boden, sammelte seine Gedanken. Dann hob er seine Hände wie zu einem kirchlichen Segensgruß und sagte:

»Zum Auftakt des Abends werden wir das Streichquintett Nr. 5 von Schubert hören, auf besonderen Wunsch meiner Gattin, die morgen ihren 61. Geburtstag feiert.«

Ein zaghafter Applaus galt der Gräfin, die in die Runde nickte.

Der Graf wartete das ab. Er rieb sich die Hände, kündigte noch einmal sehr Besonderes an.

»Nach dem musikalischen Hochgenuss liest Meinrad Hauf aus seinem soeben erschienenen Roman *Seebeben* einen Abschnitt vor. Der Roman beschreibt das Schicksal einer Bauersfamilie aus Untersee, die bei dem Erdbeben 1786 Haus und Hof verloren hat und durch die nachfolgende Sturmflut zu Bettlern geworden war.«

Er sagte, wir hätten das Vergnügen, als Ersthörer in die Geschichte eintauchen zu dürfen, literarisches Neuland zu betreten. Der Autor erhob sich kurz, verbeugte sich. Der Graf wies mit der Hand auf ihn, sagte: »Meinrad Hauf, meine lieben Gäste.«

Dann blickte er suchend über die gut besetzten Stuhlreihen.

»Wo haben wir ihn denn,« sagte er und hielt eine Hand über seine Augen. Er hatte ihn entdeckt und richtete seinen Zeigefinger auf ihn. Er sagte: »Siam Stein.« Er ließ den Namen nachhallen.

»Siam Stein, diesen Namen sollten Sie sich merken. Siam Stein, ein junger Poet, wird drei neue Gedichte zum Vortrag bringen, alle drei noch nicht einmal eine Woche alt, quasi noch in feuchten Tüchern und schon auf Tour. Wir werden staunen.«

Es gab Lacher für die feuchten Tücher, der Graf hob dankend die Hand. Er ging einige Schritte hin und her, freudig erregt, das womöglich Wichtigste noch ankündigen zu können.

»Mit der Arie *Des Nachts ist mir so bange* beglückt uns die Sopranistin Maria Sanselin. Maria ist heute zum ersten Mal unser Gast. Ich engagierte sie spontan für unseren Kulturabend nach einem Nachwuchswettbewerb, dem ich als Juror beiwohnen durfte. Maria ist Schweizerin und freut sich auf ihr erstes Engagement am Theater Basel.«

Er klatschte einige Takte in Richtung der jungen Sängerin, die in der ersten Reihe saß zwischen Graf und dessen Sohn.

»Nun«, sagte er, »ich darf natürlich nicht vergessen, den kulinarischen Teil des Abends anzukündigen. Freuen wir uns alle auf das Büfett, das unsere Freundin Marianne Reichle wieder einmal mit bewundernswertem Geschick im großen Saal des Oberstocks angerichtet hat. Ein Augen- und Gaumenschmaus erwartet uns, ein unvergleichlicher Genuss liegt vor uns, lassen wir uns also von der Schönheit der Musik und der Sprache verzaubern, von Mariannes Büfettkunst verwöhnen, und den Abend eröffnen.«

Er hob die Arme, begrüßte die fünf Musiker, die ihre Plätze einnahmen und ihre Instrumente stimmten. Er setzte sich neben seine Frau, nahm ihre Hand und küsste sie flüchtig. Maria Sanselin zu seiner Linken entzog ihm nicht ihre Hand, die er väterlich tätschelte. Die Gräfin ließ das geschehen. Sie war das gewohnt. Sie zeigte keine Regung.

Ich kannte Schuberts Quintett, ich liebte es. Schon die ersten Takte lösten mich aus einer Anspannung, die ich erst jetzt, indem sie mich verlies, bemerkte. Wie eine frische Brise, ein weicher Südwind oder ein kühler Nord-Ost folgten die Töne einem Geist, der sie in einem Klangwerk bündelte, beschwichtigend, ordnend, dann aufjagend, zerstäubend, um sie mit Hingabe wieder einzufangen und zärtlich zu liebkosen.

Ich hörte nicht nur, ich fühlte. Ich fühlte die Weite des Raumes, den Tanz der Töne, das Vibrieren der Saiten, die Andacht der Zuhörer. Ich sah die Gräfin weinen, lautlos, unbewegt. Eine Frau am Vorabend ihres Geburtstags, in einem langen cremefarbenen Kleid, eine violette Stola über der Schulter. Ihre grauen Haare waren sehr kurz geschnitten und aus der Stirn gebürstet, ihr Nacken kühn ausrasiert. An ihren Ohren glänzten Brillanten. Neben ihr der Graf. Er hatte die Beine übereinandergeschlagen, die Arme verschränkt, die Nase nach oben gereckt. Mit geschlossenen Augen gab er sich ganz dem Genuss des Augenblicks hin, wiegte den Kopf im Rhythmus der Musik sacht hin und her. Sein Sohn saß wie zum Absprung bereit. Leicht nach vorn geneigt hingen seine Arme zwischen seinen gespreizten Oberschenkeln. Er fasste sich in Geduld. Ich konnte das nicht sehen, ahnte aber, dass er mit den Füßen wippte. Maria Sanselin saß aufrecht auf ihrem Stuhl. Hochkonzentriert folgte sie dem Spiel der Streicher, die ohne Noten spielten, fünf Solisten in Einklang miteinander und mit Schuberts Werk. Die Sängerin strich manchmal in einer gut geübten Bewegung eine üppige Lockenmähne hinter die Ohren, vielleicht um saphirblaue, tropfenförmige Ohrringe freizulegen.

Ich spürte, dass Wendelin mich ansah. Ich nickte ihm zu, ganz kurz. Eine Botschaft ohne Worte. Schön das alles hier. Ich hoffte, er verstünde es so wie es gemeint war.

Der Applaus wollte nicht enden. Die Musiker verbeugten sich alle paar Sekunden, klopften mit ihren Saitenbogen an das Holz ihrer Instrumente und wiesen jeweils bescheiden auf die Leistung der Kollegen. Der Graf war aufgesprungen, stellte sich dazu und beklatschte das umjubelte Ensemble.

Ich fand den Applaus zu lang. Wie sollte das nur zu Ende gehen?

Der Graf nahm sich der Sache an. Er reichte jedem Musiker die Hand, und unter anhaltendem Beifall geleitete er sie aus dem Saal. Spontan brach der Applaus ab. Man unterhielt sich leise, hustete ordentlich durch, steckte sich ein Lutschbonbon in den Mund. Ein kleiner Umbau fand statt. Zwei Frauen stellten ein Tischchen bereit, stellten eine Leselampe darauf, ein Glas mit Wasser daneben, einen Stuhl dazu. Der Graf beaufsichtigte das, dankte und winkte dem Autor. Meinrad Hauf erhob sich und ging leicht gebückt nach vorn, sein Buch in der rechten Hand. Vom Hausherrn wurde er noch einmal begrüßt.

»Ich begrüße unseren Meinrad Hauf aufs Wärmste.«

Ich richtete mich auf einen längeren Vortrag ein und suchte nach einer bequemen Sitzhaltung. Meinrad Hauf tat das auch. Er rutschte mit seinem Stuhl vor und zurück, stützte sich mit den Händen an der Tischkante ab und hob sein Hinterteil etwas an. Er besprach sich mit dem Graf. Ein Stuhlkissen wurde von einer der Frauen gereicht. Als alles zufriedenstellend arrangiert war, kam die Lampe ins Spiel. Der Lichtkegel musste eingerichtet, der Abstand von Buch und Lampe zum Auge des Vorlesers geprüft werden. Endlich war es soweit. Meinrad Hauf las ohne einführende Erklärung, wofür ich ihm sehr dankbar war, aus einem Kapitel seines Buches. Er hatte zuvor auf seine Armbanduhr geschaut, ein Hinweis auf Begrenzung seiner Lesezeit. Das gefiel mir und nahm mich für ihn ein.

Meinrad Hauf, ein pensionierter Gymnasiallehrer, wusste wie man Leser fesselt. Eine gute Aussprache, eine kräftige Stimme machten das Zuhören zu einem Vergnügen. Sogar der Grafensohn lehnte sich im Stuhl zurück und horchte auf. Die dramatische Schilderung des Erdbebens war nicht das Thema seiner Lesung, sondern die Beschreibung des Alltagslebens der Bauersfamilie und ihrer Nachbarn, und dies mit Humor gewürzt und fesselnd dargestellt. Alles über die Katastrophe selbst würde der Leser beim Kauf seines Buches erfahren. Er sagte das so nicht, ich erfuhr es am Ende des Kapitels, mit dem Hauf seinen Vortrag beschloss. Da hatte die Bauersfamilie soeben ihr Abendbrot verzehrt, das Nachtgebet gesprochen, als die Wände ihrer Hofstelle wackelten. Da schlug auch Meinrad Hauf sein Buch zu und hielt sich an seine Verlagsempfehlung, einen Cliffhänger zu installieren. Wie die Geschichte weitergehe, erfahre man bei Erwerb des Romans, der heute Abend hier im Schloss aufliege. Die Zuhörer klatschten wohlwollend, viele wollten das Buch gleich heute kaufen, man hatte Geld bei sich, war neugierig geworden.

Siam Stein wollte stehen. Tisch und Lampe wurden weggetragen, der Stuhl auch. Er stand sehr aufrecht. Er ließ die Arme hängen, das sah schlicht und undramatisch aus, so als warte er geduldig auf den nächsten Bus. Dann sah er zu Boden und wieder hoch, und dann sprach er. Sein erstes Gedicht hieß *minus* und beklagte den Rückgang der sozialen Kommunikation.

Da hieß es unter anderem, *keiner grüßt, die Fenster riesig, aber nicht zu öffnen, in Straßenbahnen wird nicht mehr gesprochen, wird digital gesurft, frontal ein Messerstich in Eingeweide, der nächste Ausstieg bitte rechts, dann Endstation.*

Räuspern, Husten, kein Beifall.

Der Dichter sammelte sich für sein nächstes Werk, erstaunlich lang, dann richtete er den Blick auf seine Zuhörer und sagte *lecken.* Er machte eine Pause, ließ das

Wort wirken. Es wirkte. Ein schwaches Raunen wurde
hörbar. Er begann: *Leck deine Wunden, wenn sie nicht ver-*
krusten, leck deinen Teller blanker denn als blank, leck dir
den letzten Honig aus den Waben, leck dir die Finger wund
für alles was dich reizt, leck dir die Lippen, leck Wasser aus
der Rinne, leck Wände ab und Steine, Äpfel, Birnen, leck alles
ab und überlass es nicht den Anderen, die gierig lauern, schon
die Zungen rollen.

Das Gedicht hatte noch weitere verstörende Stro-
phen, Siam klagte über Ungerechtigkeit, Kaltherzigkeit
im Allgemeinen und über die Schere zwischen Reichen
und Armen im Besonderen, die sich stetig weiter öffne.
Bereits bei seinen ersten Worten ahnte ich, dass er eine
korrupte Gesellschaft, den Egoismus Einzelner, ganzer
Gruppen, Wirtschaftszweige mit seinen stoßartig ausge-
rufenen Satzfetzen anprangern wollte. Viele Zuhörer sahen sich ratlos an, einige schüttelten verständnislos den
Kopf. Die Leute wollten an diesem Abend beglückt und
unterhalten, nicht schockiert werden. Siam Stein erhielt
nur vereinzeltes schwaches Klatschen. Er fand das in
Ordnung, er hatte damit gerechnet, er verbeugte sich in
Respekt vor der Reaktion seiner Zuhörer.

Sein letztes Gedicht, *Ferne Welten*, befasste sich zum
Glück mit dem Weltall, weitab unserer persönlichen Ver-
antwortlichkeit, beinahe poetisch, wenngleich auch kritisch hinterfragend. Da war von Sternenstaub und Son-
nenwind, von Menschheitstraum und einer Reise in die
Zukunft die Rede, von Schwerelosigkeit, Orbit und rätsel-
haften Signalen, rasenden Meteoriten, auch von schwarzen Löchern und davon, ob der Aufbruch sich denn lohne
und die hohen Kosten nicht sinnvoller angelegt werden

könnten, zum Beispiel in Projekte zum Erhalt unseres wunderbaren blauen Planeten. An fast alles hatte Siam Stein gedacht, und diesmal folgte ihm sein Publikum. Sein letzter Satz bekam den Beifall, den ich ihm wünschte. Nicht weil ich seine Gedichte gut gefunden hätte, sondern weil er mir leidtat, der Dichter. Er tat mir leid, gleichzeitig bewunderte ich ihn, weil er sich vor ein Publikum gewagt hatte, mit unpopulären Inhalten, sich das zugetraut hatte, an einem Abend wie diesem. Mutig war er, und er war jung, und schön war er auch, geradezu makellos schön. Um sein Weiterkommen auf die eine oder andere Weise machte ich mir daher keine Gedanken. Sein letzter Satz lautete: »*Längst erloschene Sterne locken uns mit ihrem trügerischen Licht, nach dem wir greifen wie im Märchen nach dem Gold der falschen Zwerge.*«

Also, dafür gab es freundlichen, kurzen Applaus. Ich klatschte mir die Hände wund. Der Grafensohn tat das auch. Er war sogar aufgesprungen, hatte mehrmals bravo gerufen.

Der Dichter verbeugte sich, seine Blicke trafen sich mit denen des Grafensohns.

Der Graf bedankte sich. Es sei das Vorrecht der Jugend Kritik zu üben, Gegebenes zu hinterfragen und furchtlos zu benennen, sagte er. Wenn es dazu in solch vollendeter Sprache geschehe, verdiene das Gesagte doppelte Aufmerksamkeit und Zuspruch. Unser Freund Siam Stein habe unsere Aufmerksamkeit verdient. Jetzt gab es Beifall, ja, man sah das auch so, der Graf hatte natürlich recht.

Maria Sanselin brachte die Gesellschaft wieder ins Gleichgewicht, machte alles richtig. In einem rosaroten, langen, schulterfreien Kleid stand sie vor ihrem Publikum, das schon klatschte, obwohl sie noch keinen Ton gesungen hatte. Sie strahlte, schob ihre Locken hinter die Ohren, die saphirblauen Tropfen leuchteten auf. Ein sehr schmaler Goldreif glänzte am rechten Handgelenk, ein saphirbesetzter Ring am linken Mittelfinger. Diese Schmuckstücke spielten bei Marias Darbietung eine wichtige Rolle. Sie unterstrichen funkelnd das angstvolle Ringen um ein wenig Trost in banger Nacht, um den die Sängerin mit flehentlich erhobenen Händen bettelte. Sie bettelte bei allen Engeln, bei der Mutter Gottes, bei Elfen und Waldgeistern, in der Hoffnung, die Über- und Unterirdischen könnten ihr helfen, Ruhe zu finden. Was diese Ruhe so nachhaltig störte, erfuhren die Zuhörer während des Vortrags nicht, konnte nicht geklärt werden, war wohl nicht wichtig. Am Ende ihrer Arie wandte sie sich noch einmal an die Himmelskönigin, von der sie sich doch am meisten Hilfe versprach und gelobte mit rührender Hingabe und reinster Sopranstimme, der Mutter des himmlischen Kindes ihr Leben weihen zu wollen. Danach senkte Maria Sanselin ihre weißen Arme, ihren Kopf, ihre Stimme und hauchte ein zartes Ave aus. Hörte ich da eine Glocke? Ja, nein, seltsam. Sie stand ruhig, hielt die Hände über ihrem Schoß gekreuzt. Der Beifall kam verzögert, dann aufbrausend, nicht enden wollend. Der Graf überreichte ihr einen Strauß weißer Lilien mit rosafarbenen Rosen, ein Gebinde aus dem Schlossgarten, soeben taufrisch vom Gärtner angeliefert. Der Jubel war riesig und die Sängerin sehr glücklich. Sie steckte ihre Nase in die Rosen, roch daran, hielt sich den Strauß vor die Brust und drückt ihn an sich, ungeachtet

der Dornen, die Rosen nun mal zu ihrem Schutz benö-
tigen. Der Graf stand neben ihr, bewegt wie ein junger
Vater nach der Geburt seines ersten Kindes. Er streichel-
te sie mit seinen Blicken, mehr konnte er im Augenblick
nicht tun. Er bot ihr seinen Arm und führte sie zu ihrem
Stuhl.

Wieder küsste er seiner Frau die Hand.

Rasch leerte sich der Saal. Die Besucher drängten
nach oben. Den meisten war der Aufstieg über die Treppe vertraut, man ging, als ginge man täglich über blank
poliertes Eichenholz, unter den Augen kritisch blicken-
der, verblichener Urahnen und Ahnen, Gräfinnen und
Grafen, in Öl gemalt und schwergewichtig gerahmt.

Elfi Bieri hatte Probleme mit ihrem Kleid. Es war
etwas zu lang und sie musste es anheben, um auf der
Treppe nicht zu stolpern. Bäcker Bieri trug ihr kleines
Täschchen, damit Elfi beide Hände frei hatte. Das Kleid
war pflaumenblau und auf Höhe der Hüften zu einer
stattlichen Weite angekräuselt. Bauschige Flügelärmel
bedeckten ihre Oberarme. Im tiefen Ausschnitt baumelte eine lange Perlenkette. Sie stürzte in das tief einge-
schnittene Tal ihrer Brust, und es fiel schwer, diesem Na-
turereignis nicht zu viel Aufmerksamkeit zu schenken.

Die meisten Damen trugen lange Abendkleider. Ins
Schloss ging man im langen Kleid. Einmal im Jahr wurde im kleinen Mitteldorf der große Auftritt zelebriert,
als schreite man zur Festspieleröffnung in Bayreuth. Viel
Haut war zu sehen, gewagte Rückendekolletés. Selten
war dieser Anblick ein reines Vergnügen. Ich und die anderen waren auf ein gesellschaftliches Ereignis dieser Art
modisch nicht eingerichtet. Selma trug ihr altes, hippiges

Hängerkleid, ging barfuß in gelochten, knöchelhohen Lederstiefeln aus ihrem Naturwarenladen. Eine breite Hornspange am Hinterkopf bündelte einen Teil ihres Rosshaares zu einem dicken Büschel, das mich heute an einen Reisigbesen denken ließ. Veronique und Nina trugen weitgeschnittene Leinenhosen, Nina mit Latz, Veronique ohne. Die hatte sich aus einem dünnen blauen Baumwollfetzen ein Brusttuch genäht, handgestichelt, und einem nicht zu knappen, aus der Mode gekommenen Bikinioberteil ähnelnd. Sie sah hinreißend aus. An ihren gebräunten Armen klingelten bei jeder Bewegung Silberreifen, ein hellblaues breites Band hielt ihr weich fallendes Haar aus der Stirn.

Nina sah aus wie eine Handwerkerin. Weißes T-Shirt unterm Hosenlatz, Flip-Flops an den Füßen. Sie hatte keine Lust gehabt, sich für den Anlass zu stylen, sich ins Zeug zu legen. Sie hatte überhaupt keine Lust auf den Abend gehabt, aber in Gottes Namen, ich komm euretwegen mit, hatte sie gesagt, und sich die Haare gewaschen.

Lise und Nora kamen in wadenlangen Jeanskleidern, vorn aufgeknöpft fast bis zum Schritt, eine mohnrote Stoffblüte im Haar. Ich hatte mich in mein gelbes Sommerkleid geworfen, knitterarme Synthetikware, kniefrei und vom Schnitt her fast ein Kinderkleid. Als Kind hatte ich ein ähnliches besessen und geliebt. Unsere Kollegen trugen, was sie immer trugen, Jeans, ein sauberes T-Shirt, Wendelin ein frisch gebügeltes Hemd. Wir trafen uns alle am Büfett. Wendelin sagte: »Und, was meint ihr, hab ich euch zu viel versprochen?«

Die Kunst der Metzgersgattin Marianne wurde bewundert, Smartphones aus zierlichen Abendtäschchen

gezogen und über den prachtvollen Delikatessenauf-
bau gehalten. Die Kameras hielten mit dezenten Klicks
das spektakuläre Angebot für alle Zeiten fest, oder wenigstens für ein Jahr, bis zum nächsten Kulturabend im
Schloss, als Beweis, dabei gewesen zu sein.

Man musste nicht stehen. Edle Bänke, Stühle standen über den großen Saal verteilt an den Wänden, vor
hohen Fenstern, kleinere Sitzgruppen mitten im Raum.
Sekt und Wein wurde in Gläsern gereicht. Unentwegt
servierten junge Männer auf Tabletts beste Sorten, vom
Graf ausgesucht und verkostet. Wasser, Saft und Bier
nahm man selbst, auf einem Extratisch war das in Flaschen angerichtet.

Wir aßen uns satt, wir schlemmten. Wir tranken
Wein, den besten, tranken schottischen Whisky, kifften
auf dem Schlossbalkon und spendierten dem Graf einen
Joint, der sich in einer Verschnaufpause zu uns gesellte.

»Ah, das sind ja meine Künstler. Ich suchte euch,
ich musste mal raus aus dem Trubel, brauch eine Verschnaufpause«, sagte er und wollte wissen, was wir rau-
chen. Er bekam einen ab, war ganz Kiffer unter Kiffern
und bekannte, das täte ihm jetzt mal so richtig gut.

»Aber bitte nicht meiner Frau verraten und schon gar
nicht meinem Sohn«, witzelte er, meinte es aber sicher
ernst.

Wir flirteten mit allen, die uns über den Weg liefen,
die uns kennenlernen wollten. Malte versorgte Elfie Bieri mit kaltem Roastbeef und reichlich Remouladensoße,
reichte ihr ein Glas Sekt und setzte sich mit ihr an einen
der kleinen Tische. Er habe Fragen, die nur sie ihm beant-
worten könne, er sagte, das spüre er gerade ganz stark.

Moritz eroberte Maria Sanselin, trank mit ihr Whisky und verriet ihr das Geheimnis der lithografischen Druckkunst. Ob sie schon mal einen Lithostein gesehen habe? Maria hatte schon vieles in ihrem Leben gesehen, aber einen solchen noch nicht, sähe aber nichts lieber als das und ließe sich gerne von Moritz einen zeigen.

»Picasso malte gerne direkt auf Stein, ganze Serien malte er auf die Steine«, und Maria sagte: »Oh, das wusste ich gar nicht.«

Lise und Nora verschenkten ihre Stoffblumen an einen Zahnarzt und einen Anwalt, die sich als Paar zu erkennen gaben und die beiden Mädels für ein ebensolches hielten. »Macht nichts«, sagten sie, als sie von Nora aufgeklärt wurden. Die Herren steckten sich die Blumen an ihre Sakkos. Sie tranken mit den Künstlerinnen eine Runde Whisky und boten ihnen Hilfe bei Zahnschmerz und Rechtsfragen an, kostenlos natürlich, im Tausch mit einem kleinen Kunstwerk vielleicht?

Meinrad Hauf saß allein auf einer Polsterbank und trank Rotwein. Ich sprach ihn an, fragte, ob ich mich zu ihm setzen dürfe. Natürlich durfte ich das. Hocherfreut sei er über meine Gesellschaft, sagte der Schriftsteller und stand auf. Ich hatte mein leeres Weinglas in der Hand, er erbot sich, mir ein frisches zu besorgen, »Rotwein oder Weißwein, was trinken sie gern?« Ich sagte »Weißwein.« Er nahm mein Glas und kam mit einem neuen, sehr gut gefüllten zurück. Er überreichte es mir in Oberkellnerhaltung, linke Hand auf dem Rücken: »Bitte sehr, meine Dame.«

Ich deutete auf einige Bücher, die auf einem Beistelltisch lagen. Ich fragte: »Und, schon gut verkauft?«

»Aber ja, sehr gut läuft das hier, ich bin hochzufrieden.«

Dann fühlte er sich hochgeehrt, als ich Interesse für seinen Roman bekundete, diesen auch noch kaufte und die Gestaltung des Schutzumschlages lobte.

»Eine Künstlerin des Studienhauses, Ihr Urteil bedeutet mir sehr viel«, sagte er, »denn beim Umschlag habe ich selbst Hand angelegt, nur so konnte ich die hochemotionale Spannung des Geschehens ausdrücken.«

Ich besah mir das Umschlagbild noch einmal. Eine fotografisch festgehaltene, grauschwarze Monsterwelle stürzte auf eine liebliche Landschaft mit Dorf, Schloss, Kirche, Wäldchen, Hügel, Burg auf dem Hügel, verstreute Gehöfte, alles im Sonnenschein, im Sonntagsfrieden, Frauen in Tracht auf dem Weg zur Kirche, das Ganze unter Verwendung eines kolorierten Kupferstiches. Eine Collage, mit einem Computerprogramm raffiniert ausgearbeitet.

»Alle Achtung, das Bild macht Gänsehaut, man mag sich die anrollende Katastrophe nicht vorstellen.«

Meinrad Hauf strahlte mich an.

»Genau das wollte ich erreichen, genau dieses Gefühl, das Sie beschreiben, wollte ich beim Leser auslösen, Gänsehaut. Hochinteressant, wie Sie das erkannten.«

Ich bat um eine Widmung, er gab sie mir. Er schrieb mit Füller. Gewidmet einer hochinteressierten Künstlerin des Studienhauses Mittelsee. Er hatte ein kleines Stück Löschpapier zur Hand und legte es auf die feuchte Tinte, zur Sicherheit pustete er noch über die bereits trockene Schrift. Dann reichte er mir das Buch wie einen Schatz.

Meinrad Hauf schwelgte im Attribut Hoch. Er nannte den Dichter Siam Stein einen hochintelligenten jungen

Mann, sprachlich auf einem beachtlich hohen Niveau, wenn gleich noch recht forsch und ungezügelt, ein Rohdiamant, ein junger Heißsporn, in der Dichtkunst kein Nachteil, er denke da an Sturm und Drang. Er prostete mir zu.

»Auf die Kunst und alle, die ihr dienen. Ach wie schön, mit Ihnen hier zu sitzen, in dieser kulturell hochstehenden Atmosphäre, umgeben von Schönheit, Intelligenz, Kreativität und Sinneslust.«

Er hustete, er hatte sich verschluckt und verschüttete etwas Rotwein auf seine Hose. Das Missgeschick war ihm sehr peinlich. Er stellte sein Glas auf den Tisch und suchte in seinem Sakko nach einem Taschentuch. Er gehörte zu den Papiertaschentücher-Verweigerern. Er zog ein gebügeltes weißes Taschentuch aus der Brusttasche und wischte damit über seinen Oberschenkel. Auf der dunkelgrauen Hose fiel der Fleck nicht auf, das Taschentuch färbte sich etwas rötlich, es war der Rede nicht wert.

»Das geht schon«, sagte Meinrad Hauf, »es ist nicht der Rede wert.«

Wendelin kam auf uns zu.

»Gibt es noch ein Buch für mich, oder komme ich zu spät?«

Er wünschte eine Signatur, keine Widmung. Für diesen Fall hatte der Autor vorgesorgt, drei Exemplare bereits signiert. Mit einer schwungvollen Geste, als wolle er das Buch werfen, schlug er es Wendelin in die Hand. Meinrad Hauf war in übermütiger Stimmung.

»Ja, der See«, sagte er, »da wird noch so manche Welle auf uns zurollen. Er wird Geheimnisse freigeben, an Land spülen, andere für immer in der Tiefe festhalten.

Er macht, was er will. Von einer Minute zur anderen verwandelt er sich in ein gieriges Monster, das Wasser bäumt sich auf und schlägt um sich. Mehrmals in meinem Leben wollte ich es nicht glauben, habe es aber selbst erlebt. Wer da weit draußen ist, hat ein Problem. In den Tagen, als die Sandra verschwand, war der See ruhig wie kalte Gemüsesuppe. Hätte sie hochgekocht, würde ich auf ein Bootsunglück tippen, aber so, schlecht möglich, zudem war die Sandra eine sehr gute Schwimmerin.«

Ich wollte ihm weitere Überlegungen zu Sandra entlocken, doch Hauf schien das Geschick der Doktorsfrau nur im Zusammenhang mit Untiefen und Unterströmungen des Gewässers zu interessieren und nicht im Allgemeinen. Außerdem wollte er doch gerne noch einmal das Büfett in Augenschein nehmen, an dessen beiden Enden der langen Tafel jetzt Süßspeisen angerichtet wurden.

An den Tischen bildeten sich kleine Gesellschaften. Marianne Reichle saß mit der Gräfin und vier weiteren Frauen wie in einem Reservat, das von den anderen Gästen respektvoll umgangen wurde. Freundinnen schon auf der Schulbank, Verschworene? Die Damen sprachen leise, den Mund kaum öffnend, das hatten sie drauf, in Jahren geübt und perfektioniert. Mit bedeutungsvoller Mimik unterstrichen sie das Gesagte und das Ungesagte, zwischen den Worten Stehende. Einem Lippenleser machten sie es schwer, und das war ihre Absicht.

Ich nannte es die Kunst des beredten Schweigens. Wendelin lachte. Er stand bei mir, wir tranken zur Erfrischung Wasser und beobachteten das festliche Umfeld. Marianne trug ein lindgrünes langes Abendkleid,

mit einer wellenschlagenden Rüsche um den weiten
Ausschnitt und am Saum. Das zarte Grün stand ihr
gut. Es harmonierte mit ihren rötlichen Kräuselhaaren,
ihren unzähligen Sommersprossen im Gesicht und am
Brustansatz, auf ihren nackten weißen Armen. Die Gräfin hatte eine Hand auf einen dieser weißen Arme gelegt
und horchte mit gesenktem Kopf auf Mariannes Rede,
sie nickte Zustimmung, fast hingebungsvoll.

Das Büfett zeigte mittlerweile Auflösungserscheinun-
gen. Einer der Servierjungen versuchte den appetitlichen
Ersteindruck des Angebotes zu bewahren, entfernte Scha-
len mit Cremeresten, verschmierte Kuchenplatten. Die
Gäste schöpften ohne Sorgfalt aus den dicht stehenden
Schüsseln, und mehr, als sie vermutlich essen konnten.
Hastig schlugen sie Löffel in Grützen, Eisbomben und
Beeren-Crumbles, kleckerten mit zittriger Hand und
übervollem Schöpfer auf spiegelglatte Fruchtsülzen und
bemerkten es nicht einmal. Ich sah zu und dachte darüber nach, wie ein derart reichhaltiges Angebot zu fast
panikartigem Zugriff verleiten könne, als gäbe gerade
eine solche Fülle Anlass zur Sorge, sie könne schwin-
den, bevor man sich ordentlich daran bedient habe. Einige Gäste konnten sich für nichts entscheiden, standen
im Weg, blockierten den Zugang zur Bayrischen Creme
oder zu Tiramisu.

Wendelin schüttelte den Kopf. Er bat mich auf ein
paar Worte in den Garten, er sagte, es sei sehr wichtig
für ihn, er wolle mir etwas sehr Wichtiges sagen. Ich war
einverstanden, die Aussicht auf frische Nachtluft gefiel
mir, und neugierig auf sein Anliegen war ich auch, obwohl ich ahnte, was er mir sagen wollte. Wir verließen

den Festsaal über die Terrasse. Eine breite Steintreppe führte von dort in den Garten, den Wendelin von seinen vielen Schlossbesuchen sehr gut kannte.

»Gehen wir zum Teich«, schlug Wendelin vor, »da kannst du die Frösche quaken hören.«

Wendelin ging schnell, nicht in der Art eines Spaziergängers, der die laue Mondnacht genießen will. Der Teich lag auf der Rückseite des Schlosses und war vom Eingangstor aus nicht zu sehen. Auch das Quaken hörten wir erst, als wir den rückwärtigen Teil des Parks betraten. Trotz Dunkelheit erkannte ich im Mondlicht, dass dieser sehr verwildert war, absichtlich vielleicht, von einem Gärtner betreut, der das Eigenleben der Pflanzen förderte und schützte. Wir setzten uns auf eine Bank am Teich, und Wendelin kam sofort auf den Punkt.

»Könntest du dir vorstellen, mit mir zusammen die Stipendiaten-Wochen zu leiten? Der Graf gab mir heute grünes Licht für eine Mitarbeiterin oder einen Mitarbeiter. Die Stiftung unterstützt das. Und nun dachte ich an dich, verstehst du, ich dachte sofort an dich, nur an dich.«

Die Frösche quakten sehr laut. Ich war ihnen dankbar. Sie füllten die Stille zwischen uns und gaben mir etwas Zeit mich zu fassen. Ich hatte etwas anderes erwartet, einen deutlichen Annäherungsversuch, eine Liebeserklärung vielleicht, und nun das, ein Arbeitsangebot, zugegeben ein ehrenvolles, genau genommen eine Auszeichnung. Ich war verwirrt. Ich überlegte. Er hatte sofort an mich gedacht, an niemand anderes. Plötzlich verstand ich, was er mir gesagt hatte, dass es das war, was ich erwartet und befürchtet hatte, eine Liebeserklärung in Gestalt eines Arbeitsangebotes, nichts anderes. O Gott

Wendelin. Ich konzentrierte mich auf meine Antwort, redete langsam und deutlich als spräche ich zu einem Kind.

»Du weißt, dass ich erst vor kurzem einer belastenden Beziehung entkommen bin, das weißt du, oder?«

»Weiß ich«, sagte er.

»Dann kannst du dir denken, dass ich in nächster Zukunft keinerlei Bindung eingehen möchte. Ich genieße meine Freiheit, genieße es, eigene Entscheidungen zu treffen, mich nichts und niemand verpflichtet zu fühlen, aber es geht nicht nur darum. Es geht mir gerade so gut, so gut, wie schon lange nicht mehr. Dieses Angebot kommt jetzt einfach zu überraschend, ich kann eigentlich nicht darauf antworten, das ist es, ich kann nicht darauf antworten.«

»Es wäre keine Verpflichtung, es ist etwas anderes«, sagte Wendelin.

»Ich weiß, das ist es ja gerade, wenn es nur um die Arbeit ginge, aber das tut es wohl nicht«, sagte ich.

»Nein, tut es nicht«, sagte Wendelin.

Er bückte sich nach einem Kieselstein und warf ihn in den Teich. Die Frösche reagierten empört, und Wendelin warf gleich noch einen, und noch einen.

»Also, das war es, was ich dir sagen wollte. Gehen wir zurück und trinken Whisky, ich jedenfalls brauch etwas starkes.«

Er stand auf. Er gab mir die Hand und zog mich hoch. Auf der gegenüberliegenden Seite des Teiches sahen wir ein Paar, schwer zu erkennen in der Dunkelheit, doch dann gab eine Wolke den Vollmond frei und ich sah Siam Stein, den Dichter. Er saß auf einer Bank, der Gra-

fensohn lag ausgestreckt und hatte seinen Kopf auf Si-
ams Oberschenkel gebettet. Wendelin hielt noch immer
meine Hand. Ich zog ihn mit mir, und Wendelin sagte:
»Auch zwei, die nicht dürfen, wie sie wollen.«

»Wieso auch, ich dürfte schon, will aber nicht.«

Viele Gäste hatten sich bereits verabschiedet, als wir
zurückkamen. Die Reihen hatten sich gelichtet, an den
Tischen saßen die, die immer beieinandersaßen und ungern nach Hause gingen, und wenn, dann als letzte. Die
eingefleischten Schlossgänger waren zusammengerückt,
fanden, dass es erst jetzt so richtig gemütlich werden
würde. Der Graf war verschwunden, hatte sich von niemand verabschiedet und seine Gäste sich selbst überlassen. Die Gräfin klammerte sich an ihre Freundinnen,
sprach eindringlich empört doch in bewährter Art, mehr
durch die Zähne zischend und nur dem eingeweihten
Kreis verständlich. Selma, Veronique und Nina saßen auf
einem Polstersofa, becherten unbekümmert und berich-
teten fröhlich, der Graf habe die Sängerin abgeschleppt,
also mitgenommen, sei Hand in Hand mit ihr aus dem
Festsaal marschiert, vor den Augen seiner Frau. Ich fragte nach Nora und Lise, nach unseren Kollegen.

»Alle schon die Fliege gemacht, alle schon in der
Koje«, kicherten sie und fanden das augenblickliche Leben sehr lustig.

Wendelin schleppte zwei Stühle heran, einen für
mich, einen für sich, für mich Weißwein, Whisky für
sich. Ich fragte nach Elfi Bieri. Veronique sagte, die sei
wohl auch schon in der Koje, ihr Gatte habe ihr, so gut
er konnte eine Stola über die Schulter gelegt, dann seien
sie Händchen haltend abmarschiert. Selma wollte einen

gewissen Unmut in Elfis Mimik wahrgenommen haben, auch habe sie einen schlurfenden Gang gehabt. Zwei Servierjungen räumten unauffällig das Nachtischbüfett ab. Sie hielten rücksichtsvollen Abstand zu wenigen Gästen, die ratlos vor einer reduzierten Süßspeisenauswahl standen und sich für keine spontan entscheiden konnten. Ein kleiner Nachschlag wäre schön, aber die Auswahl war nicht mehr groß.

Solange die Gräfin selbst nicht aufbrach, sahen auch ihre Freundinnen keinen Grund sich zu erheben. Die Stimmung am Damentisch schwankte, mal wurde geheimnisvoll geraunt, dann wieder schallend gelacht. Am lautesten lachte die Gräfin, plötzlich, hysterisch, schrill, sie warf sich einige Male über den Tisch, wurde von einem Lachkrampf geschüttelt, der zuletzt in einem Weinkrampf endete. Marianne Reichle sah sich um, prüfte, was die verbliebenen Gäste vom Anfall der Gräfin mitbekamen. Die Freundinnen verständigten sich mit Blicken: wir machen Schluss für heute, es reicht. Marianne und eine sehr große Frau griffen der Gräfin unter die Achseln, hoben sie an und stellten sie auf die Beine. Ich sah, dass die Gräfin schwer betrunken war und schwankte. In einem seltsamen Zug führten die Frauen ihre Gastgeberin aus dem Saal. Sie machten kleine Schritte und versuchten sie gegen neugierige Blicke zu schützen. Zwei Damen gingen hinter ihr, zwei an ihrer Seite, die sie stützten, und eine ging voraus, das Tempo bestimmend. Eine verschworene Truppe, krisenerprobt, eingespielt. Die Zugführerin öffnete die Saaltür, die Gräfin machte Anstalten umzukehren, wollte nicht durch die Tür gehen, wollte nicht abgeführt werden. Sie sagte das sehr laut, mit starkem Zungenschlag, doch mit sanfter Gewalt schoben Marianne und die große Frau die Betrunkene weiter durch die Tür, welche eine der beiden Folgedamen rasch und erleichtert schloss.

Die Servierjungen gingen unbeeindruckt umher, sammelten leere und halbvolle Gläser ein, räumten die letzten Speisen vom Büfett und dimmten das Licht auf Dämmerung. Ein Fenster wurde geöffnet. Wir verstanden. Ich sagte: »Bevor es noch ungemütlicher wird, verschwinde ich. Nichts Schlimmeres als ein abgetakelter Festsaal.«

Wendelin sah das auch so und trank sein Whiskyglas leer.

»Nimmst du mich mit«, sagte er und stand auf.

»Ich nehme jeden mit ohne Ansehen auf Herkunft, Geschlecht, Geisteszustand. Nur Abschleppen ist nicht. Ich erwarte selbständiges Gehen auf zwei Beinen, nicht auf allen Vieren und ohne Gesang.«

Sie gingen alle mit. Das geschah nicht geräuschlos. Nina hatte einen ihrer Flip-Flops verloren und rief nach ihm wie nach einem streunenden Hund. Sie zog den verbliebenen aus, warf ihn ins Gebüsch und schrie such! Barfuß ging sie weiter. Sie hing schwer an Wendelins Arm und bedankte sich unentwegt für seine Unterstützung in allem.

»Nicht nur gerade jetzt, nein, vom ersten Tag an hast du mich unterstützt, in allem, Wendel, wirklich in allem.«

Veronique lief gegen einen Baum und entschuldigte sich. »Verzeihung«, sagte sie und tätschelte den Stamm. Das passierte zweimal, beim zweiten Mal holte sie sich eine Schramme an der Stirn. Sie sagte »macht nichts« zum Baum und dass er nichts dafürkönne, überhaupt nichts dafürkönne, und er habe das ja auch gar nicht gewollt.

»Sag es Baum, das hast du nicht gewollt.«

Ungewaschen, Zähne ungeputzt sackten wir auf unsere Paletten und fielen in einen komatösen Schlaf. Der dauerte bis in den späten Nachmittag des nächsten Tages und sorgte dafür, dass wir die Nachricht als letzte im Dorf erfuhren. Am Vormittag hatten Spaziergänger am gegenüberliegenden Seeufer die angetriebene Leiche einer Frau entdeckt.

Oskar hatte sich in der Mittagszeit um uns gesorgt und durch einen Türspalt gespäht. Er berichtete später von vier Frauenkörpern in angeblich bizarrer Stellung, Bauchlage, Rückenlage. Er sagte, wie plattgewalzt und ungewohnt verdreht. Selmas Kopf hing über der Bettkante. Nina lag quer im Bett. Ihre Arme fielen über den Palettenrand zu Boden, reglos, leblos, als habe sie jemand bis auf einen Muskelstrang abgetrennt.

»Ihr hättet euch sehen sollen, das war ein Anblick, als befände man sich an einem Tatort ohne Blutspur, alle hingemordet von einem Täter, der sein Handwerk versteht. Glaubt mir, ich war so erleichtert als Veronique einen kleinen Finger bewegte.«

Als wir endlich ins Leben zurückgefunden, uns geduscht und angekleidet hatten, als wir noch leicht benommen in der Küche starken Kaffee kochten, kam Malte mit der Schreckensnachricht, dass Sandra Riemer angeschwemmt worden sei, vielmehr eine Frau in Sandras Alter, aber ohne Zweifel Sandra. Ein junges Paar mit Kind habe sie entdeckt und die Polizei gerufen. Das

Paar habe einen Schock, weil das Kind weggelaufen, über
den Arm der Leiche gestürzt sei, sie angefasst und Mama
Mama gerufen habe. Malte sagte, das ganze Dorf sei ent-
setzt über die Nachricht, und Bäcker Bieri und Elfi trügen
dunkle Sonnenbrillen, weil sich ihre Augen vom vielen
Weinen entzündet hätten. Malte hatte Brot gekauft, und
Bieri habe ihm von dem grausigen Fund berichtet.

Kaffeeduft zog durchs Haus und plötzlich saßen alle
in der Küche und tranken eine Tasse mit. Lise war schon
am Strand gewesen. Zwei Frauen hatten ihr eine etwas
andere Version der Geschichte erzählt. Demnach sei das
Kind auf den Rumpf der Leiche gefallen, habe mit seinen
Händchen auf ihre Brust gepatscht um die Frau zu wecken. Dann habe es Mama geschrien. Die Eltern hätten
das Kind regelrecht von der Leiche wegziehen müssen,
es habe sich an ihren nassen Haaren festgekrallt.

Moritz hatte Luitgard, die Hobbykünstlerin getroffen.
Er war auf einem Entlüftungsspaziergang an Luitgards
Haus vorbeigekommen. Sie arbeitete im Garten, band
eine überhängende Kletterrose am Rankgerüst fest. Sie
trug derbe Handschuhe, um sich gegen die Dornen zu
schützen.

»Luitgard hat gewunken, aufgeregt, bestürzt, stieg
von der Leiter und kam an den Zaun. Sie zog die Handschuhe aus, sagte, hast du es schon gehört, die Sandra
Riemer ist aufgetaucht, drüben bei Obersee, an dem
seichten Flachstrand, kennst du den? Ich sagte nein, kenn
ich nicht, aber was meinst du mit aufgetaucht. Sie wurde angeschwemmt, was sonst, sagte Luitgard. Sie wurde tot angeschwemmt, und ein kleines, zwei Jahre altes
Mädchen hat sie gefunden. Die Eltern hatten das Kind

für einen Augenblick nicht beaufsichtigt, und schon war es verschwunden. Die Mutter des Mädchens ist in Panik geraten, hat gerufen und geschrien, ist verzweifelt umhergerannt, andere Spaziergänger kamen zu Hilfe und suchten mit. Das Kind hatte sich neben die Leiche gelegt, sich neben ihr versteckt. Die Tote entdeckte man zuerst, das Kind lag neben ihr, ganz still und vergnügt. Die Eltern erlitten einen Nervenschock, sie kamen mit dem Kind ins Krankenhaus, momentan seien sie nicht ansprechbar. Ich fragte Luitgard, woher sie das wisse. Von meiner Nachbarin, sagte Luitgard, die weiß es von Radfahrern auf Seeumrundung. Die ganze Region wisse schon Bescheid, hatten die Fahrer berichtet.«

»Und Riemer, was macht Riemer jetzt«, überlegte Veronique.

Wendelin sagte: »Riemer ist im Augenblick die wichtigste Person. Er muss die Leiche identifizieren, er wird verhört, die Leiche wird auf Gewalteinwirkung untersucht werden. Er hat seine Patienten nach Hause geschickt und sitzt bereits im Revier.«

Als der Lehrling vom Gasthaus Krone das Abendessen lieferte, hatten sich die Nachrichten im Dorf überschlagen. Niemand wusste Genaues, und in der Gerüchteküche brodelte es. Der Lehrling hieß Richard, genannt Ridschi. Er hatte sich zu Anfang vorgestellt.

»Für meine Freunde bin ich Ridschi.«

Er wusste, dass der Doktor erst morgen die Leiche identifiziere, weil er einen Asthmaanfall erlitten habe und nicht vernehmungsfähig sei. Er habe noch nie unter Asthma gelitten, aber das sei jetzt akut ausgebrochen, was ja kein Wunder wäre. Er wusste auch, dass die Eltern

des kleinen Mädchens vor Entsetzen geschrien, ja durch-
gedreht hätten, dass man sie habe ruhigstellen müssen
im Krankenhaus, und dass das Kind vorübergehend von
der Schwester der Mutter betreut würde. Ridschi hatte
auch gehört was, im Dorf geredet wird.

»Die Leute sagen, der Doktor habe die Sandra mit
einer Spritze getötet, dann ins Boot gepackt, im See ver-
senkt, nackt, aus Rachsucht, aus blinder Eifersucht.«

Ridschi wusste noch mehr. Er sagte, der Graf habe heute
schon Besuch von der Polizei gehabt, jedenfalls sei Wacht-
meister Hebel heute Nachmittag ins Schloss marschiert
und ganz sicher nicht zum Kaffeetrinken mit der Gräfin.
Er nahm den Deckel von der Warmhaltewanne und sagte:

»Hirschgulasch mit Spätzle, Preiselbeeren und Butter-
bohnen, da wünsch ich mal guten Appetit allerseits.«

Ich ging spät zu Bett in dieser Nacht, alle gingen wir
spät zu Bett. Wir hatten lange in der Küche gesessen, Tee
getrunken, Bier und Wein und uns Geschichten erzählt
von Mord und Totschlag. Erfundene, geschehene, aufge-
klärte und ungelösten Fälle wie ein Sechsfachmord auf
einem Einödhof in Mitteldeutschland, der noch heute die
Gemüter erregt, obwohl er zwischen den Weltkriegen
passiert war. Hobbykriminalisten knobelten nach wie
vor an Lösungen, tauschten sich im Internet aus, grün-
deten sogar einen Verein. Schriftsteller und Journalisten
schrieben sich ihre Unruhe aus der Seele, doch das Rätsel wurde nie geknackt und füttert weiter die Phantasie
der Interessierten. Bevor ich gegen drei Uhr unter meine
Decke kroch, schaute ich von unserer Veranda aus aufs
Doktorhaus. In keinem Fenster brannte Licht. Ich fragte
mich, ob Riemer schlief oder sich im Dunkeln betrank,

ob er kiffte oder sich einen Schuss versetzte? Wie lebt man mit einem solchen Verdacht, wie geht das?

Zwei Tage später war alles klar. Die Regionalzeitung Seeschwalbe berichtete über den Vorfall. Bei der Leiche handele es sich um eine Unbekannte, bislang nicht vermisst gemeldete Frau, und nicht, wie teilweise vermutet, um die verschwundene Sandra Riemer. Die Tote weise keine Spuren von Gewalt auf, der Rechtsmediziner bestätige den Tod durch Ertrinken, vermutlich Selbstmord oder ein Badeunfall. Man versuche jetzt die Identität der Verstorbenen herauszufinden.

Malte hatte die Zeitung zum Frühstück auf den Küchentisch gelegt, den Artikel rot angestrichen.

»Na also, das ging ja nochmal gut«, sagte Wendelin, der sich über die Nachricht beugte.

»Was meinst du mit gut«, sagte Malte, »eine Tote, geschockte Eltern, was soll dabei gut sein?«

»Gut für den Doktor, der ist in dem Fall raus und kann weitermachen wie bisher.«

Zwei Tage später malte ich mein vorerst letztes Schattenbild. Ich malte eine Frau vor dunklem Hintergrund, der zum ersten Mal Raumtiefe erkennen ließ. Ihr Gesicht war sichtbar, sie hatte die Augen weit geöffnet, doch diese wirkten tot, leer, ohne Iris, keine Pupille. Sie trug ein kirschrotes Kleid, ihre nackten weißen Arme hingen kraftlos nach unten. Die Frau stand hinter einem grobmaschigen schwarzen Schleier, war jedoch deutlich zu sehen. Ich nannte das Bild Sandra und signierte es mit meinem Namen und Datum. Anschließend ging ich zum See, nahm ein Boot und ruderte ziellos umher. Ich war müde, vielleicht nur traurig. Alle Kraft schien aus meinen Armen über die Ruder ins Wasser zu verströmen und meinen Körper zu verlassen. Mir wurde schwarz vor den Augen, in meinen Ohren summte es. Ich zog die Ruder ein und setzte mich sicherheitshalber auf den Boden des Bootes, lehnte mich mit dem Rücken gegen die Sitzbank. Ich schloss die Augen, horchte. Das Boot schaukelte, wiegte mich hin und her, barg mich in seinem geöffneten Leib und trug mich mit Glucksen und Schmatzen weit nach Süden, den Bergen entgegen. Ich muss geschlafen haben. Als ich erwachte, wusste ich nicht wo und warum ich hier war. Uns beide, das Boot und mich, hatte es in die Seemitte getrieben. Die Abendflaute hatte unsere Fahrt beendet, uns stillgelegt. Die Sonne stand tief, bald würde sie hinter den höchsten Bergspitzen verschwinden. Ich erschrak, erinnerte mich. Ich erinnerte mich daran, meinen Namen unter Sandras Bild gesetzt zu haben, ich erinnerte mich, dass ich der Schattenfrau einen Namen gegeben hatte, dass wir namentlich auf einem Bild vereint waren, wir waren vereint solange dieses Bild existierte, es jemand betrachtete.

Ich erschrak über meine Position auf dem See, weit entfernt von Studienhaus und jeglichem Ufer. Ich setzte mich wieder auf die Bank und schlug die Ruder ins Wasser. Ich drehte das Boot und spürte die Sonne auf meinem Rücken, lange genug, um meine Fahrtrichtung zu bestimmen und zu halten. Dann verschwand sie hinter dem Gebirgssaum. Es wurde kühler, der See dunkler. Als die Dämmerung einsetzte, sah ich erste Erkennungsboten am rechten Ufer, ein Dorf, eine Kirche, die Burg auf dem Höhenzug. Ich hielt auf das linke Ufer zu. Ich

wusste jetzt, dass ich bei Einbruch der Nacht mein Boot
an Land ziehen würde.

Ich überlegte es mir anders und malte in den folgenden
Tagen ein weiteres Bild. Sandra im glühendroten Kleid.
Diesmal schaute sie mich an. Ihre Augen lebten. Dunkle Pupillen, umrahmt vom grünen Reif der Iris, hingen
unter den bleichen Lidern wie kleine Planeten unter den
Sicheln abnehmender Monde. Sandra hielt ihren linken
Arm dicht am Körper, den rechten Arm nach oben, als
grüße sie, als sage sie hallo, hier bin ich, kannst du mich
sehen? Kein Schleier über der Gestalt. Ich setzte ihren
und meinen Namen an den unteren Bildrand, das Datum
dazu. Ich malte, was ich gesehen hatte. Ich war mir nicht
mehr sicher, ob ich es gesehen hatte, aber ich malte es,
und das Bild gab mir recht.

Drei Jahre später hing es zusammen mit weiteren Schat-
tenbildern in einer Galerie in Stuttgart, in der ich unter
Vertrag gekommen war. Meine Galeristin Judith präsen-
tierte eine Serie von zehn Bildern als aktuellen Teil ihrer
immerwährenden Verkaufsausstellung. Sie wollte Besuchern Gelegenheit geben, neben meinen Bildern auch
noch andere zu entdecken und natürlich zu kaufen. Sie
wollte meine Arbeit testen, schließlich war ich ein un-
beschriebenes Blatt für sie, ein Risiko, das sie möglichst
klein halten wollte. Sie überzeugte mich, meine Bilder
als ein unmittelbar vor einem tragischen Hintergrund
entstandenes Gesamtwerk anzukünden, dem ein ungelöstes Geheimnis zugrunde läge. Sie sagte, sie wolle die
Neugierde der Besucher wecken, bei einem noch unbe-

kannten Künstler sei das unerlässlich, müsse das sein,
sei so wichtig wie das Werk selbst, zunächst sogar wich-
tiger. Sie hatte recht. Das Interesse an der Ausstellung
war groß. Die Leute drängten sich vor meinen Bildern,
sie drängten sich um Judith, stellten Fragen, teilten eine
spürbare Unruhe mit anderen Besuchern, die das Rätsel
der Unsichtbaren lösen wollten. Sie bestürmten mich, die
Künstlerin, über meine Arbeit zu sprechen, die Geschichte hinter den Bildern zu erzählen. Sie brachten mich in
Verlegenheit, denn ich wollte das Leben der Riemers
nicht in die Öffentlichkeit zerren. Ich überlegte, dass ich
kein Recht dazu hatte, über sie zu reden, womöglich in
der Aufregung des Augenblicks unbedacht Namen zu
nennen. Ich blieb vage, erzählte von einer Freundin, die
durch Krankheit ans Haus gefesselt sei und an einer ent-
stellenden Hautveränderung leide, die unbehandelbar
sei. Ich log, die Freundin wolle ihr Gesicht verbergen, das
vor der Erkrankung sehr schön gewesen war, sich jetzt
erschreckend verändere, unaufhaltsam. Ich log drauf los,
behauptete, die Krankheit sei sehr selten, sei genetisch
bedingt und führe zu einem Leben in Dunkelheit. Nur
im Dunkeln verlangsame sich ihr Verlauf. Ich sagte, meine Bilder versuchten das Schicksal meiner Freundin dar-
zustellen, ihr Lebensgefühl sichtbar zu machen.

Ich sprach nicht über eine Frau, die sich nachts an ein
Fenster stellt, eine Frau die verschwunden ist. Ich hatte
mich mit Judith auf diese Erklärung geeinigt, falls die
Leute darauf bestünden. Es gibt eine Frau, eine Freundin die im Dunkeln lebt, krankheitsbedingt, ohne Aussicht auf Heilung, im Grunde schon aus der Welt gegangen. Die Geschichte zeigte Wirkung, stellte die Gäste

zufrieden. Doch als die Besucher allzu lange und besorgt über das Schicksal meiner Freundin diskutierten, als ein Arzt sich nach dem Namen dieser grausigen Krankheit erkundigte, rettete ich mich spontan in eine Ausweitung der Thematik. Ich sprach zu meiner eigenen Überraschung über Menschen, die aus anderen Gründen im Dunkeln lebten, gefangen in einer Depression, Verlassene, Süchtige, Verarmte die nicht gesehen werden wollten, sich ihrer Armut schämten, Gestrandete, Verzweifelte. Ich redete wie ein Straßenprediger, und die Leute stimmten mir zu, einige schrieben das auf, was ich von mir gab. Ich verkündete, mein Interesse gelte all denen, die im Schatten, im Dunkeln lebten, unbeachtet von jenen im Licht. Ich streifte damit Bert Brecht, das kam gut an, bei den meisten jedenfalls.

Judith biss sich auf die Unterlippe, meine Rede war ihr sichtlich zu lang. Sie tippte mit dem Zeigefinger auf ihre Armbanduhr, ganz unauffällig, doch ich verstand. Eine finnische Sängerin wartete auf ihren Einsatz. Ein Büfett war angerichtet mit pikanten Winzlingen, die man auf eine Serviette legte und mit den Fingern aß. In den Sektflaschen stieg der Druck gegen die Korken. Die ersten knallten unmittelbar nach dem letzten Ton eines finnischen Volksliedes. Die Sängerin erschrak, sie hielt die Hände vor den Mund. Das Interesse an den Bildern ließ jetzt nach. Es richtete sich auf die Häppchen, den Sekt, auf Wein und Bier. Wie auf ein geheimes Zeichen erstürmten die Gäste das Büfett. Man stand an hohen Partytischen, viele Besucher kannten sich, man grüßte nach allen Seiten. Ein Akkordeonkünstler spielte Tango, verhalten untermalend.

Außer Malte, der in Amerika lebte, waren alle Studien-
häusler zur Vernissage gekommen. Wendelin schenkte
mir einen Rosenstrauß. Wir umarmten uns, länger als
ich vorgehabt hatte, doch einvernehmlich und erfreut
über unser Wiedersehen.

Wendelin sagte: »Dein Platz im Haus ist noch frei,
wird es auch bleiben, ich habe keine Assistentin gefunden, wollte keine finden, du weißt es ja.«

Moritz und Oskar kamen aus Köln, erzählten von ihrem Gemeinschaftsatelier, in dem sie gleichzeitig lebten,
arbeiteten und Kunden empfingen. Gut liefe es für sie,
die Leute liebten den direkten Kontakt zu den Künstlern, sie liebten die Polstersofas, die Kaffeemaschine, die
etwas andere Welt hinter der Backsteinfassade der alten
Ziegelei. Oskar sagte, das Gebäude war bereits teilsa-
niert, allzu viel gab es nicht zu richten, und ein Gärtchen
sei auch dabei.

Nina hatte noch einmal ein Stipendium in Paris ergat-
tert, an einer École Graphique International, einen jun-
gen französischen Künstler dazu, der sich auf Graphic
Novels spezialisierte und seinen ersten Band über die
Französische Revolution veröffentlicht hatte, mit Erfolg.
Nina betonte: »Mit Riesenerfolg.«

Sie sagte weiter: »Jean-Marie, er heißt Jean-Marie
Sassard. Seine Familie betreibt in Lothringen ein Milch-
werk in großem Stil. Sassard-Joghurt isst man in ganz
Frankreich.«

Oskar sagte: »Also doch wieder der Hang zum Land,
zu Kühen, Butter und Milch, nur setzt du diesmal keinen Handkäse auf Holzbretter, zum Glück für dich, zum
Glück für die Kunst.«

Selma und Veronique hatten sich verabredet. Sie waren schon am Vortag nach Stuttgart gefahren und hatten in einem Hotel in der Nähe des alten Schlosses übernachtet. Ich hatte dort Zimmer für die meisten meiner Kollegen bestellt. Selma hatte es nach Hamburg verschlagen. Ein Galerist hatte sich in ihr großes Felsenbild verliebt, das sie in den letzten Tagen am See doch noch vollenden konnte.

»Schluss, basta, finis«, hatte Selma gesagt, »jeder weitere Strich einer zu viel, man muss wissen, wann eine Sache zu Ende ist.« Sie hatte sich vor ihr Bild gekniet, ihre Haare streiften den Boden, am unteren Rand signierte sie ihr Werk.

Sie malte weitere Felswände, im Norden, wo das Land flach ist und sich zur See hin weitet. Sie malte in einem Haus auf dem Alten Land, nahe der Elbe, von einem großen Apfelgarten umgeben. Sie malte Felswände im Marschland der Nordsee, sie malte auch Kinder und Obstbauern und ihre Bäume, sie malte, was ihr gefiel, ab und an wieder abstrakt, und ihre Bilder verkauften sich gut.

Ich hatte für meine Freunde drei Tische zusammengestellt. Ich versorgte sie mit Sekt und Häppchen und Veronique hielt das Brötchen hoch und sagte: »Wisst ihr noch?« Klar, wussten wir es noch, wir erinnerten uns genau, wir würden Marianne Reichles Köstlichkeiten niemals vergessen, und alles andere genauso wenig, den Doktor nicht, sein Pferdebild, seine Geschichten von Tod und Schrecken.

Selma sagte: »Welche Story hast du den Leuten hier erzählt von einer Freundin und Hautkrebs und Dunkeltherapie?«

Ich sagte: »Musste sein, ging nicht anders, ich kann doch den Riemer nicht ans Licht zerren, also wirklich.«

»Von was redet ihr«, sagte Oskar, »gibt es etwas, das wir nicht mitbekommen haben?«

Wir erzählten es nun doch unseren Kollegen, Freunden, Hausgenossen. Wir baten sie, die Geschichte als ein Geheimnis zu bewahren, sie versprachen es in Nibelungentreue. Wendelin sagte, der Doktor lebe sehr zurückgezogen, manchmal sehe er ihn im Garten. Er grüße freundlich, suche aber kein Gespräch. Er mähe unter den Obstbäumen Gras und stelle Kirschen und Äpfel in großen Körben zum Mitnehmen vor die Gartenmauer. Die Studenten bedienten sich gern. Gealtert sei er kaum, seine Haare stellenweise ergraut, aber immer noch sehr lang. Von Sandra gebe es nach wie vor keine Spur. Und ohne Leiche keine weiteren Ermittlungen, denn nach wie vor gilt sie lediglich als vermisst.

Moritz sagte: »Erwachsene dürfen das, sie dürfen verschwinden, ein Verbrechen ist es nicht.«

»Ein Cold-Case also«, sagte Veronique die Krimis liebte. Veronique lebte bei Ruben, ihrem Pferd und ihren Eltern auf dem Gestüt in der Lüneburger Heide. Ihre Tonnenmännchen bevölkerten das Gelände, reckten ihre Kegelnasen kühn in alle Richtungen, erregten Aufmerksamkeit bei den Touristen, die sie kaufen wollten.

»Was kostet denn ein solches Kerlchen«, fragten vor allem Frauen, und ihre Kinder hingen am Zaun und riefen »Hallo ihr.«

»Ach Gott, die armen Bübchen, keine Arme und immer im Wind und im Regen,« sagten die Mütter, und trieben ihre Kinder zum Weitergehen an. Vielleicht

erweckten die Gestalten Mitleid, weil sie an etwas Ver-
lassenes, Verlorenes, Hilfloses erinnerten, denn jeder
stand für sich, ohne Kontakt zu den anderen. Sie standen, als hätte man sie vergessen, vor sehr langer Zeit.

Veronique sagte: »Eine Galeristin in Bremen interes-
siert sich für meine Brigade, etwa zehn Exemplare werde
ich demnächst dort ausstellen, ein Anfang immerhin, über
den Zaun geht mir jedenfalls keiner, wird nicht verkauft.«

»Vollkommen richtig«, sagte Wendelin, »mach dich rar
damit, denn die Objekte sind sehr gut, außergewöhnlich,
rätselhaft und gehören in eine Galerie und nicht in deutsche Vorgärten.«

Auch Nora und Lise hatten sich zusammengetan. Bei-
de waren in München unter Vertrag gekommen. Noras
Unterwasserbilder gingen bereits erfolgreich nach Hol-
land, Dänemark und Schweden. In München selbst war
Nora als Neuentdeckung gefeiert worden, Lise ebenso.
Ihre fragilen Gebilde aus Schwemmholz, die teils vage
an Türme, Kathedralen, Pagoden und Tempel erinnerten,
Relikte einer versunkenen Welt, als solche jedoch dem
Zerfall überlassen und Vergänglichkeit beschwörend,
erregten großes Interesse. Die beiden teilten sich ein
Atelier im Allgäu, Bauernhaus in Alleinlage, Kohleöfen
und Durchlauferhitzer, kein Obergeschoss, dafür lang-
gestreckt, der leere Kuhstall Atelier und Teil des Hauses. Eine Kate, sagte Lise, eine echte Allgäuer Kate. Nora
schwärmte vom Bad im dazugehörenden Weiher, von
der Einsamkeit, der Ruhe, dem Wald hinter dem Haus.

»Ihr müsst uns besuchen«, sagte Lise, »es gibt Platz
für alle, das Haus ist innen geräumiger als es von außen
erscheint.«

Wir überlegten, uns alle zwei Jahre zu treffen, denn wir spürten, dass wir uns viel zu sagen, zu geben hatten, uns in den Wochen am See zu einer kleinen Gemeinschaft entwickelt hatten. Wir sagten, dass so etwas nicht wiederkäme, nur einmal im Leben geschehe, und wir diese Freundschaft pflegen wollten. Wir beschlossen, uns in zwei Jahren zunächst bei Nora und Lise zu treffen, darauffolgend bei Veronique auf dem Gestüt, danach sehe man weiter. Wir spürten, dass wir uns gegenseitig ins Herz geschlossen hatten, die Freude am Wiedersehen war groß.

Wir sprachen darüber, welch ein Gewinn das Stipendium am See für uns gewesen war, in jeder Hinsicht ein Gewinn. Selma sagte: »Wir waren verzaubert, verhext.«

»Bekifft«, fügte Moritz an, »na ja nicht immer, wie war das nochmal mit dir Selma, du warst angefikkt, oder was?«

Selma winkte ab: »Kann mich an nichts erinnern, ich sah nur Felsen. Verwunschen, ich fühlte mich verwunschen, in diesem Haus am See, mit Blick auf den See, über den See in die Berge, in die Weite.«

»Ich war sowas von verliebt«, sagte Nina. Sie verdrehte die Augen.

»Übrigens, Rudi hat Roxi geheiratet. Inzwischen ist er Vater von Zwillingen, zwei Mädchen, Mine und Line. Er ist verrückt nach ihnen und fährt die beiden in seiner Schubkarre durchs Dorf«, erzählte Wendelin, auch dass er Rudis Trauzeuge bei dessen Hochzeit gewesen war. »Ein Dorffest, das könnt ihr euch denken.«

Wir staunten, lachten, fanden, Rudis Brautschau habe doch ein ganz gutes Ende genommen.

»Ich hatte dauernd Sehnsucht nach Ruben«, gestand
Veronique, »aber als ich zu Hause war, überkam mich
das Gefühl, etwas Unwiederbringliches verloren zu haben. Am liebsten wäre ich ins Studienhaus zurückge-
kehrt.«

Oskar philosophierte: »Ja, immer die gleiche Geschichte, was man hat, ist weniger wert als das, wonach
man sich sehnt. Das sagte schon, ach ich weiß nicht mehr
wer, aber wahr ist es, geht mir auch so.«

»Auf jeden Fall wurden wir alle nicht nur verzaubert,
sondern vor allem verwöhnt. Denkt mal an die Abendessen aus der Krone«, schwärmte Lise, die kochen hasste.

Wendelin bekannte: »Ihr wart eine besondere Gruppe, offen für Veränderung, bei jedem von euch hat es
deshalb gefunkt, gab es Schub. Das läuft nicht bei allen
Gruppen so. Ich denke gern an die Zeit mit euch.«

Er sah mich an.

Oskar sagte: »Das ist gegenseitig, Wendel, das Beste
am Haus und an der Zeit warst du, ich denke, da spreche
ich für alle, du hast uns den Freiraum gegeben, den wir
brauchten, oder, ist doch so?«

Wir klopften auf die Tische, wir tranken auf Wendelin, auf die Kunst, auf meine Ausstellung, wir fühlten
uns eng miteinander verbunden, stark, fähig, jung und
unverletzlich. Wir hatten alle einen guten Anfang genommen und keine Angst vor der Zukunft. Am späteren
Abend würden wir zusammen essen, ich hatte im Hotel
für uns einen Tisch reserviert. Wir würden noch einen
langen Abend miteinander verbringen, wären noch einen langen Abend vereint. Bei diesem Gedanken fühlte
ich eine Geborgenheit, die ich selten gespürt, vielleicht

als Kind erlebt und wieder vergessen hatte. Ich beschloss, Wendelin um eine Nacht mit ihm zu bitten, hier und heute, einmalig, vorerst, Zukünftiges offen.

Ich sah hinüber zum Ausstellungsraum. Noch war es dort ruhig. Die Besucher würden sich nach ausgiebiger Stärkung am Büfett wieder den Bildern zuwenden, der Verkauf der Exponate fand in der Regel nach der Party statt, die meisten Interessenten vertrauten dem zweiten Blick. Spontankäufe zu Beginn einer Vernissage passierten selten.

Ich hatte meine Augen nur kurz auf die Ausstellung geworfen, wandte mich wieder meinen Freunden zu, drehte mich dann noch einmal um, ich weiß nicht weshalb. Was war es, was mich plötzlich fesselte? Eine Besucherin betrachtete meine Bilder, nahm nicht am Sektempfang teil, interessierte sich nur für den kulturellen Teil der Veranstaltung. Was war daran ungewöhnlich, warum erregte sie meine Aufmerksamkeit?

Vor meinen Bildern stand eine Frau mit dem Rücken zur Partyszene. Sie ging von einem zum anderen, blieb stehen, heftete Punkte neben die Exponate. Ich löste mich von meinen Freunden, ging langsam auf sie zu und erschrak. Sie trug ein Kleid, rot, glutrot, ärmellos. Ihr weißer Arm hob und senkte sich, wenn sie die Punkte vom Klebeband löste und mit fast zärtlicher Geste auf das Preisschild strich. Vor dem letzten Bild blieb sie lange stehen. Dann drehte sie sich zur Seite und schaute mich an. Ich sah in ein bleiches, schönes Gesicht. Sehr dunkle Brauen standen in flachen Bogen über wassergrünen Augen, dunkle Locken fielen über ihre Schulter und umrahmten einen schmalen weißen Hals. Sie sah mir in die Augen, wandte sich dann zum Bild und vergab ihren

letzten Punkt. Ich ging einen Schritt zurück. Ich starrte sie an, konnte das, was ich sah, nicht glauben. Noch
einmal traf mich ihr Blick, und während mein Herz zu
flattern begann, hob sie langsam ihren rechten Arm und
grüßte mit ausgestreckter Hand. Dann setzte sie eine
sehr große dunkle Brille auf, drehte sich um und verließ
die Galerie.

Sie hatte alle meine Bilder gekauft.